Uta Kropp, geboren in Wismar, lebt und arbeitet auch in ihrer Geburtsstadt. Sie ist verheiratet und hat eine Tochter. Die Ostsee und den Norden liebt sie sehr. Gemeinsam mit ihrem Ehemann und dem Hund der Familie unternimmt sie gerne Spaziergänge am Strand. Für die staatlich geprüfte Betriebswirtin zählen neben dem Schreiben von Romanen auch Schwimmen, Fahrrad fahren und Wandern zu ihren Hobbys. Im Jahr 2019 ist sie mit ihrem Ehemann 240 km von Porto (Portugal) nach Santiago de Compostela (Spanien) gepilgert, was sehr nachhaltige Eindrücke hinterlassen hat.

Mit dem Roman - El verde Esmeralda, der Grüne Smaragd - hat sie ihr Erstlingswerk veröffentlicht. Demnächst erscheint ein weiterer Roman mit dem Titel - Rache -. Auch hier ist Tina Walter wieder, neben anderen interessanten Persönlichkeiten, die Hauptprotagonistin.

In Vorbereitung ist eine Serie mit der Rechtsanwältin Rita Sommer, die, gemeinsam mit ihrem Rechtsanwaltsgehilfen, spannende Aufträge zu bewältigen hat.

Uta Kropp

El Verde esmeralda –

Der Grüne Smaragd

Ein Wismar-Krimi

Bibliografische Information der Deutschen
Nationalbibliothek

Die Deutsche Nationalbibliothek verzeichnet diese
Publikation in der deutschen Nationalbibliografie;
detaillierte bibliografische Daten sind im Internet
über
http://dnb.d-nb.de abrufbar

© 2021 Uta Kropp
1. vollständig überarbeitete Auflage
Erstveröffentlichung 2020
Herstellung und Verlag: BoD - Books on
Demand, Norderstedt

ISBN: 978-3-7557-5234-9

Die Computer-Generation klickt inzwischen mehr Seiten an, als sie vorher je umgeblättert hat.

Willy Meurer

1934 – 2018, deutsch-kanadischer Kaufmann, Aphoristiker und Publizist, M.H.R.

(Member of the Human Race), Toronto

Prolog

Im Kamin knistert das Feuer. Gezeichnet von den Ereignissen der letzten Wochen und Monate sitzt Tina auf der Couch und starrt in die Flammen. Neben ihr kuschelt Puschel, die Katze, und lässt sich laut schnurrend das Fell kraulen. Vor ein paar Monaten war Tina ein anderer Mensch. Nie im Traum hätte sie daran gedacht, dass ihr Leben durch so dramatische Ereignisse völlig aus den Fugen geraten könnte. Die Vergangenheit hat sie auf traurige Weise eingeholt. Vergangenheit denkt sie. Wo fängt sie an und wo hört sie auf? Es schaudert sie bei dem Gedanken daran. Mit Tränen in den Augen denkt sie an ihren Vater. Was ist geschehen und welches Geheimnis hat er mit ins Grab genommen. In ihrer Hand hält sie den drei Millimeter großen Smaragd. Was in den letzten Monaten geschehen ist, versteht sie nicht. Was ist die Wahrheit?

Für sie war ihr Vater stets ein aufrichtiger und ehrlicher Mensch. Nie verlogen oder hinterhältig. Alles, was er in seinem Leben gemacht hat, entsprach immer seiner ganzen Überzeugung. Nie ist er von diesem Ziel abgewichen. So wie Tina ihn kannte. Und dann? Wie aus dem Nichts tauchen Menschen in Tinas Leben auf und zerstören genau dieses Bild. Zerstören nicht nur dieses Bild, sondern das Leben anderer Menschen. Menschen, die ihnen fremd sind. Vor 42 Jahren war Tina 11 Jahre. Bei dem Gedanken an diese Zeit krampft sich ihr der Magen zusammen und die Tränen steigen ihr wieder in die Augen. Sie denkt an ihre Eltern.

Das Feuer im Kamin erlischt langsam. Müde steht Tina von der Couch auf. Vergewissert sich, dass die Alarmanlage scharf geschaltet ist und geht ins Bett. Lange Zeit kann sie nicht einschlafen. Ihre Gedanken sind bei Herrmann. Sie kann bis heute nicht verstehen, was ihn veranlasst hat, derart in der Vergangenheit zu wühlen. War es nur sein journalistischer Instinkt oder steckte mehr dahinter? Nach langer Zeit schläft sie müde mit diesen Gedanken ein.

1 Potsdam, März 2018

An einen Stuhl gefesselt, sitzt Volker am Küchentisch. Ihm gegenüber sitzen drei Männer, die ihm völlig fremd sind. Ihr Äußeres lässt erkennen, dass sie nicht aus Deutschland stammen.

Ohne Worte haben sie ihn ins Haus gezerrt. Mit Kabelbindern und Klebeband an den Stuhl gefesselt und schweigen bis jetzt. Es ging alles so schnell, dass vermutlich niemand der Nachbarn etwas bemerkt hat. Volker hat keine Ahnung, was das bedeuten soll. Ausrauben wollen sie ihn offenbar nicht. Er hat Angst. Einer der Männer unterbricht endlich das Schweigen.

„Du bist sicher erstaunt und möchtest wissen, was das zu bedeuten hat."

Er spricht Deutsch mit Akzent.

„Du kennst mich. Ich bin Phelippe."

Volker muss angesichts des südländischen Aussehens der Männer nicht lange überlegen.

„Du hast damals in Medellin meinen Vater beraubt. Du warst nicht allein. Bei dir waren deine damaligen Kollegen. Peter Gregorius, Günter Lietz und Harald Walter. Ich bin hier, um mir mein Eigentum zu holen. Ich habe es meinem Vater auf dem Sterbebett versprochen. Er hat sein Leben lang dieses traurige Geheimnis für sich behalten. Er starb vor zwei Monaten und flehte mich an, die Sache in Ordnung zu bringen."

Während er sprach, gefror Volker das Blut in den Adern. Er sah die Bilder von Kolumbien in Gedanken vor sich, als wenn es erst gestern gewesen wäre. Langsam bildeten sich Schweißtropfen auf seiner Stirn. Die Stimme versagte ihm. Er war sich bewusst, dass er nichts hatte, was er ihnen geben konnte. Oh Gott, in Volker brach Panik aus. Wie komme ich nur aus diesem Schlamassel wieder raus. Er versuchte es mit der Wahrheit.

„Ich habe nichts, was dir gehört. Ich kann dir nichts geben. Dein Vater hat es uns damals zur Aufbewahrung gegeben. Er wurde vom Drogenkartell erpresst und wollte es nicht hergeben. Wir hätten es ihm danach wieder ausgehändigt. So war der Plan. Leider wurden wir damals auf der

Rückfahrt nach Bogota überfallen und ausgeraubt. Du kannst ja die anderen fragen. Die werden es dir bestätigen."

Sein Gegenüber lächelte breit und setzt sich.

„Ich habe mit Peter Gregorius und Günter Lietz gesprochen. Sie waren wie du, nicht kooperativ. Ihr habt euch da eine schöne Geschichte einfallen lassen. Leider hat das dann für sie kein gutes Ende genommen."

Während er sprach, dachte Volker, verdammt.

„Die beiden Herren sind vor kurzem aus dem Leben geschieden. Sie konnten ihr schlechtes Gewissen nicht mehr ertragen."

Zeitgleich legte Phelippe zwei Zeitungsausschnitte vor Volker auf den Tisch, sodass dieser sie gut lesen konnte. Er starrte auf die Ausschnitte und wurde blass. Aus den Artikeln ging hervor, dass beide verstorben sind und sich offenbar das Leben genommen haben. Niemals, dachte Volker. Das kann nicht sein. Von den drei Anwesenden sprach immer nur Phelippe. Die anderen beiden waren nur seine Handlanger.

Phelippe war damals ein kleines Kind von zehn Jahren. Volker konnte sich gut an ihn erinnern.

„Was wollt ihr von mir", fragte Volker.

Diesmal kam nur ein müdes Lächeln von Phelippe.

„Das habe ich dir gesagt. Die Wahrheit und mein Eigentum."

Während er sprach, stand er betont gelassen auf, ging an den Küchenschrank und stellte ein Glas auf den Tisch. Volker rutschte auf dem Stuhl umher, konnte sich aber aufgrund der Kabelbinder und des breiten Klebestreifens nicht bewegen.

„Ich kann euch nicht mehr sagen, das ist die Wahrheit", entfuhr es ihm.

Phelippe füllte das Glas mit Wasser und stellte es auf den Tisch. Wieder durchfuhr Volker ein Schreck. Er dachte, ob es Sinn macht zu schreien und um Hilfe zu rufen.

Phelippe muss seinen Gedanken erraten haben und sagte: „Es wird dir nicht gelingen, um Hilfe zu rufen."

Volker erkannte seine hoffnungslose Lage. Aber er konnte und wollte sich nicht vorstellen, dass sie es wagen würden, ihn umzubringen. Phelippe schob das Glas Wasser dichter an Volker heran, sodass dieser, vorausgesetzt seine Arme wären frei, es ohne Mühe erreichen könnte. Links und rechts neben das Glas legte er die Zeitungsausschnitte.

„Sieh sie dir gut an", sagte Phelippe mit bedrohlicher Stimme. „Harald Walter konnten wir leider nicht mehr fragen. Er hat sich feige aus dem Leben gestohlen und sein Geheimnis mit ins Grab genommen. Aber seine Tochter war immer sein ein und alles. Tina wird uns weiterhelfen können."

Volker hörte die Ironie in seiner Stimme und war nicht mehr fähig, klar zu denken. Was wollen die von Tina. Sie war damals ein Kind. Klar, Harald hatte immer eine gute Beziehung zu seiner Tochter. Er hat ihr immer alles anvertraut. Aber das kann nicht Phelippes Ernst sein.

„Okay", sagte Phelippe. „Wenn du uns nicht helfen kannst und willst, dann eben nicht."

Er griff in seine Manteltasche. Holte ein kleines Fläschchen heraus, schraubte den Deckel ab und goss die Flüssigkeit in das Wasserglas.

„Nein", würgte Volker hervor. Er sah in das Gesicht von Phelippe und sah in die mit Hass gefüllten Augen und wusste, dass er es Ernst meinte.

„Mach dir keine Sorgen Volker. Es geht alles schnell. Es wird wie Selbstmord aussehen. Niemand wird daran zweifeln."

2 Berlin, 10. April 1976

Irma und Harald haben ihre Wohnung in Wismar so verlassen, dass sie für lange Zeit unbewohnt bleiben kann. Sie haben alle Grünpflanzen verschenkt, nichts Lebendiges ist mehr in den Räumen. Nachdem Harald für ein halbes Jahr allein in Kolumbien war, dürfen seine Frau Irma und seine Tochter Tina endlich mit. Irma wird in der Botschaft arbeiten und er leitet die kleine Kfz.-Werkstatt, die Ifa W50 aus der DDR importiert. Tina wird dort die Schule in der Botschaft besuchen und viele neue Freunde kennenlernen. Er freut sich. Der Auslandsaufenthalt ist erstmal für vier Jahre geplant. Wenn für Tina Sommerferien sind, dann fahren sie für diese acht Wochen wieder nach Hause und machen Urlaub. Im Anschluss an die Ferien geht es dann wieder nach Kolumbien. Nach den vier Jahren muss man sehen, wie es weitergeht. Daran denkt Harald im Moment nicht.

Jetzt freuen sich erstmal alle auf die vor ihnen liegende Zeit. Sie fahren mit dem Zug von Wismar nach Berlin. Dort wurde vom Ministerium für sie ein Hotelzimmer reserviert. Am nächsten Tag steht ein letzter Besuch im dortigen Büro an, bevor es dann übermorgen endlich nach Bogota geht.

Späten Vormittag verlassen sie das Hotelzimmer und fahren zum Ministerium. Dort werden sie freundlich begrüßt. Tina darf im Besucherbereich warten, während ihre Eltern zur Besprechung gehen. Sie schaut sich bunte Reisekataloge über Lateinamerika an. Palmen, Meer, bunt angezogene Menschen, den Zuckerhut in Brasilien, immer wieder Flugzeuge auf den Seiten. Sie ist begeistert.

„Papa", fragt sie, nachdem ihre Eltern das Büro verlassen haben, „ich würde diese Hefte gerne mitnehmen?"

„Ja", antwortet ihr der Vater. Er nimmt Tina an die Hand und geht gemeinsam mit Frau und Tochter aus dem Gebäude.

Am nächsten Morgen fahren sie mit dem Taxi nach Berlin-Schönefeld zum Flughafen. Das Einchecken mit den drei großen Koffern ist recht mühsam. Nachdem dieses Prozedere erledigt ist, sind sie endlich im Transitbereich. Dort treffen sie sich mit Volker Simon. Er fliegt, wie sie, nach Bogota und wird dort mit Harald in der Werkstatt arbeiten. Der erste Zwischenstopp ist Prag. Dort werden alle auschecken und haben den ganzen Tag Zeit, bis es am Abend weiter geht über Paris, Madrid, Lissabon, Puerto Rico, Caracas und dann endlich nach Bogota. Alles in allem sind sie fast zwei Tage unterwegs. Es liegt eine anstrengende Reise vor ihnen.

3 Wismar, 12. April 2018

Der Wecker klingelt. Tina schaut auf die Uhr, fünf Uhr fünfzehn.

Ach, denkt Sie, ein bisschen kann ich liegen bleiben. Sie kuschelt sich tief in die wohlig warme Bettdecke und döst vor sich hin. Lange hält dieses Glücksgefühl nicht an, denn prompt nach dem Klingeln des Weckers springt Puschel schon zu ihr auf das Bett. Laut schnurrend wirft sich die Katze in ihr Gesicht. Sie lacht.

„Nein Puschel. Lass mich ein wenig in Ruhe."

Daraus wird nichts, gegen fünf Uhr dreißig gibt Tina auf und verlässt das Bett. Puschel hat mal wieder gewonnen. Bevor sie ins Bad geht, krault sie Puschel nochmal durch. Das gehört schon zur morgendlichen Routine. Danach springt Puschel wie immer auf das Fensterbrett und beobachtet, was draußen vor sich geht. Wie immer nichts um diese Uhrzeit in dem Wohnviertel in Wismar Süd.

Tina lächelt. Puschel macht ihr Freude. Nach der Morgentoilette steht Tina unschlüssig in ihrem begehbaren Kleiderschrank und kann sich nicht entscheiden, was sie anziehen will. Typisches Aprilwetter, denkt sie. Doch lieber einen Pullover statt einer Bluse. Sie entscheidet sich für einen leichten Wollpullover. Der ist schön kuschelig, denkt sie sich. Danach schaltet sie die Alarmanlage unscharf und geht in die Küche. Vorher holt sie die Zeitung aus dem Briefkasten und legt sie im Esszimmer auf den Tisch. Jeden Morgen das Gleiche, denkt sie.

Sie frühstückt genüsslich und liest nebenbei die Zeitung. Es wurde Zeit, zur Arbeit zu fahren. Ein kurzer Blick in den Spiegel, sie steckt sich selbst die Zunge aus, muss lachen und geht zur Tür.

Tina hat ein kleines Büro in der Altstadt angemietet und hat sich mit Schreib- und Büroservice selbständig gemacht. Es hat einige Jahre gedauert, bis es gut lief. Aber zurzeit hat sie viele Aufträge und freut sich jeden Tag auf die Arbeit.

Im Büro angekommen, macht sie die Jalousien hoch und öffnet das Fenster zum Lüften. Es strömt angenehme Ostseeluft vom Hafen herein. Sie atmet tief ein und freut sich auf den bevorstehenden Tag. Der Anrufbeantworter blinkt, sie hört ihn kurz ab und startet den Computer. Die Notizen vom Vortag liegen auf dem Schreibtisch und sie beginnt mit der Arbeit.

Draußen pfeift ein kräftiger Wind. Ab und zu kommt ein Regenschauer hinzu und manchmal quält sich die Sonne ein bisschen durch, eben richtiges Aprilwetter.

Ein Blick auf die Uhr, fast Mittag. Ihr Handy klingelt und sie schaut auf das Display. Nummer unbekannt. Nach ein paar Sekunden nimmt sie das Telefonat entgegen.

„Büroservice Walter", meldet sich Tina.

„Hermann Krause von der Ostsee-Zeitung", hört sie eine männliche Stimme sagen.

„Spreche ich mit Tina Walter?"

„Ja", antwortet Tina.

„Frau Walter, ich würde mich gerne mal mit ihnen treffen und etwas besprechen. Ich plane eine Veröffentlichung in unserer Zeitung."

Schon wieder so eine blöde Werbesache vermutet Tina und sagt: „Nein danke, ich bin nicht an Werbung interessiert."

„Es geht nicht um Werbung, Frau Walter. Es ist eine andere Sache, über die ich mit ihnen sprechen möchte."

„Worüber denn?", fragt sie.

„Sie sind doch die Tina Walter, die in den 70er Jahren mit ihren Eltern in Kolumbien war?"

Tina bekam einen gehörigen Schreck. Woher weiß er das und was geht es ihn überhaupt an?

„Ja, aber was geht Sie das an", antwortet sie prompt.

„Nichts, das stimmt. Es ist nur so, ich habe einen anonymen Hinweis bezüglich ihrer Person bekommen und würde gerne darüber mit ihnen sprechen. Das ist, glaube ich nichts fürs Telefon."

Tina wurde übel. Anonymer Hinweis? Nichts fürs Telefon? Was ist das für ein Schwachsinn?

„Ich verstehe das nicht", sagt sie ihm. Er schlägt einen Treffpunkt vor und Tina willigt nur zögernd ein. Dann war das Gespräch beendet.

Tina sitzt wie versteinert am Schreibtisch und starrt ihr Handy an. Sie kann das eben Gehörte nicht glauben. Wer soll Interesse an ihr haben und warum? Vor allem, was hat das mit der Zeit von damals in Kolumbien zu tun? Sie war ein Kind. Ging dort zur Schule und ist nach vier Jahren wieder zurück in die DDR gekommen. Da ist nichts Außergewöhnliches passiert. Sie versteht es nicht.

Den restlichen Arbeitstag kann sie total vergessen. Sie denkt immer nur an das Gespräch mit dem Reporter. Die Gedanken kreisten nur um ihre Kindheit.

Zum Nachmittag liefert sie fertige Schreibarbeiten in der Dankwartstraße ab und muss nochmal ins Büro, um ein paar Auftragsbestätigungen und Rechnungen zu schreiben. Als endlich Feierabend ist, macht sie sich auf den Weg nach Hause. Dort kann sie dank Puschel ein bisschen auf andere Gedanken kommen.

Um den Termin mit dem Reporter nicht zu verpassen, fährt Tina rechtzeitig los.

4 Berlin, November 1977

Im November 1977 war in Berlin eine Tagung des Ministeriums für Außenhandel einberufen worden. Es ging speziell um die Thematik Im-/und Export mit Lateinamerika. Wie kann der Handel besser ausgebaut werden? Wo liegen Reserven, all dieser ganze Quatsch, dachte Harald.

Er konnte sich nicht davor drücken und musste nach Berlin fliegen. Begeistert war er davon nicht, denn für ein paar Tage immer dieser elend lange Flug und die Umgewöhnung mit dem Zeitunterschied. Es liegen sieben Stunden Zeitverschiebung dazwischen. Aber was soll`s, wenn die Pflicht ruft.

Nachdem die Tagung beendet war, ging er rasch in sein Hotelzimmer. Er wollte einen entspannten Abend haben.

Am nächsten Tag stand das Abschlussgespräch mit seinem Chef an, das immer vor dem Abflug ins Ausland geführt wurde.

Am Vormittag kämpft sich Harald durch Wind und Regen mit hochgekrempeltem Mantelkragen durch die Straßen und steuert auf den Betonklotz am Schinkelplatz zu. In dem Gebäude ist das Ministerium für Außenhandel untergebracht.

Dort findet das Gespräch statt. Lieber wäre er schon heute nach Bogota zurückgeflogen. Dort wird er von Frau und Tochter sehnsüchtig erwartet.

Aber vorher muss er dieses Treffen hinter sich bringen. Diesmal ist es nicht wie die anderen. Sonst fand es immer mit seinem Chef, einem leitenden Mitarbeiter des Ministeriums, statt. Heute ist der oberste Chef persönlich anwesend. Herr Pawlowski, Oberst im Ministerium für Staatssicherheit. Außerdem ist er Leiter des geheimen Bereichs für kommerzielle Koordinierung im Ministerium für Außenhandel, der durch die Arbeitsgruppe Bereich kommerzielle Koordinierung des MfS (Ministerium für Staatssicherheit) kontrolliert wird. Dieser Bereich ist zuständig für den inoffiziellen Handel mit dem kapitalistischen Ausland.

Na, das kann ja was werden, denkt Harald. Er ist nicht erfreut über die Anwesenheit von Pawlowski. Das bedeutet meistens nichts Gutes.

Endlich hat er den Haupteingang erreicht und schüttelt die Regentropfen von seinem Mantel. Der Portier fragt kurz, wo er hin möchte und lässt sich den Ausweis zeigen. Da Harald nicht das erste Mal hier ist, kann er zielgerichtet das Büro aufsuchen.

Die Sekretärin, mit der er immer einen kleinen Flirt macht, begrüßt ihn freundlich und sagt: „Sie werden erwartet."

Das dachte ich mir, denkt Harald und geht leicht seufzend auf die geschlossene Bürotür zu.

Wie erwartet, sitzt sein Chef dort und Pawlowski. Die Begrüßung ist kurz und knapp. Nach einem kurzen Austausch von Höflichkeitsfloskeln kommt Pawlowski gleich zur Sache.

„Harald, wir haben diesmal eine Sonderaufgabe für Sie. Sie fliegen die übliche Route nach Bogota, nur das Sie diesmal etwas für uns transportieren müssen. Wir erwarten wie immer absolutes Stillschweigen, aber das müssen wir Ihnen ja nicht sagen."

Arschloch, denkt Harald. Immer diese blöden Sprüche.

Laut sagt er dann: „Sie können sich auf mich verlassen, dass wissen Sie doch."

Pawlowski greift hinter sich und holt einen kleinen breiten Gürtel hervor und legt ihn auf den Tisch. Alle drei Schauen den Gürtel an, dann sind alle Augen auf Harald gerichtet.

Pawlowski ergreift als erster das Wort und sagt: „Das ist ein Geldgürtel. Er enthält eine beachtliche Summe Dollarnoten. Diese sind nach Kolumbien zu bringen. Hier habe ich einen Zettel mit einer Telefonnummer. Wenn Sie in Bogota angekommen sind, rufen Sie sofort diese Nummer an und verlangen Pedro. Pedro wird einen Treffpunkt vorschlagen und dort übergeben Sie ihm den Gürtel."

Das sekundenlange Schweigen was jetzt folgt, fühlt sich für Harald wie Stunden an. Er muss an seine Familie denken. Er weiß, dass er auf die Frage

19

- Warum - und - wofür - keine Antwort bekommen würde.

„Was passiert, wenn etwas schief geht", fragt Harald.

„Es darf nichts schiefgehen, wie immer." Antwortet Pawlowski. „Sie wissen, dass Sie nur einen Touristenpass haben und keinen diplomatischen Status genießen. Somit reisen Sie wie immer als Tourist in Kolumbien ein, haben zwar eine entsprechende Arbeitserlaubnis aber gehören offiziell nicht zur Botschaft der DDR. Die Modalitäten sind Ihnen nicht neu."

Damit endete die Ansprache von Pawlowski. Er erhob sich, gab Harald die Hand, wünschte ihm einen guten Flug und sagte, er möge seine Frau grüßen. Harald hatte einen Kloß im Hals und konnte kaum etwas sagen. Er murmelte nur ein unverständliches „Auf Wiedersehen."

Die Tür ging zu und Pawlowski war verschwunden. Sein Chef durchbrach als Erster das Schweigen.

„Du kennst ihn, er ist nicht der Mann der großen Worte."

„Ja", antwortet Harald, „daran wird sich auch nichts mehr ändern."

Er versuchte, sich innerlich wieder zu beruhigen und musste unweigerlich an seine Frau und seine Tochter Tina denken.

„Was passiert, wenn es schief geht", wiederholte er wieder die Frage.

Die beiden Männer sahen sich lange Zeit in die Augen. Beide wussten, dass sich der Eine auf den Anderen verlassen konnte. Harald nickte kurz in die Richtung seines Chefs und nahm den Gürtel vom Tisch. Es folgte, wie unter Männern und guten Freunden üblich, eine kurze aber feste Umarmung und Harald wusste, dass es nichts mehr zu sagen gab und ging.

Missmutig verließ er das Gebäude und stellte sich draußen wieder dem Regen und dem Novembersturm. Seine Vorahnung, dass die Anwesenheit von Pawlowski nichts Gutes bedeuten kann, hatte sich mal wieder bewahrheitet.

Im Hotelzimmer angekommen, genehmigte er sich erstmal einen mehr als doppelten Whisky.

Scheiße dachte er. Wann hört all das endlich auf.

5

Den Wagen stellt sie auf dem Marienkirchplatz ab. Um diese Zeit ist der Parkplatz fast leer. Sie zieht ein Parkticket, ärgert sich wie immer über diese Geldschneiderei, legt das Ticket hinter die Windschutzscheibe, verschließt das Auto und geht Richtung Marktplatz.

Das Wetter hatte sich etwas beruhigt und Tina steuerte zielstrebig auf das kleine Café am Markt zu. Äußerlich wirkte sie ruhig, aber im Inneren war sie völlig aufgebracht. Die Gedanken fuhren Achterbahn. Pünktlich 18.00 Uhr betritt sie das Café und sieht einen Mann, mit dem vereinbarten Notizheft als Erkennungszeichen vor sich liegend, am Tisch sitzen.

Sie geht zu ihm und sagt: „Guten Abend sind sie Herr Krause von der Ostsee-Zeitung?"

„Ja", antwortet er. „Nehmen Sie doch bitte Platz." Tina setzt sich und urplötzlich wird ihr schlechter. Sie wird das Gefühl nicht los, dass nichts Gutes auf sie zukommt.

So selbstsicher wie möglich sagt sie: „Sie wollten mich sprechen. Worum geht es?"

Er schaut ihr ein paar Sekunden lang in die Augen und Tina durchfährt ein kalter Schauer.

„Wollen Sie eine Tasse Kaffee trinken?", fragt er.

Tina schüttelt nur den Kopf. Er ruft die Kellnerin und bestellt einen großen Pott Kaffee für sich. Nachdem der Kaffee da war, beginnt er zu erzählen.

„Es wird ihnen komisch erscheinen. Aber ich habe heute Morgen einen Anruf erhalten. Die Telefonnummer war unterdrückt. Es war ein Mann am Telefon. Er sprach Deutsch mit Akzent. Er nannte mir ihren Namen, sagte, dass sie in den 70er Jahren mit ihren Eltern in Kolumbien waren und dass ihr Vater in der Zeit etwas gestohlen hat. Er geht davon aus, dass sie wissen, worum es geht. Er möchte jetzt sein Eigentum wieder haben. Notfalls mit Gewalt. Offensichtlich ist er daran interessiert, dass diese Sache öffentlich wird, sonst hätte er ja kaum bei der Zeitung angerufen. Deshalb habe ich sie kontaktiert. Ich möchte gerne wissen, was passiert ist, und vor allem wollte ich sie warnen, sie scheinen in Schwierigkeiten zu sein. Ich hatte nicht den Eindruck, dass es sich um einen Scherz handelt."

Während er sprach, starrte Tina nur geradeaus. Es kam ihr alles so unwirklich vor und ihre Kehle war plötzlich trocken. Sie sagte: „Ich hätte jetzt doch gerne ein Wasser."

Zu mehr war sie im Augenblick nicht fähig. Bis das Wasser kam, schwiegen beide. Nachdem Tina das halbe Glas in einem Zug geleert hatte, fand sie langsam die Sprache wieder. Sie sah ihm an, dass er gespannt war, wie Tina reagieren würde.

„Ich verstehe das nicht", sagt sie. „Mein Aufenthalt dort mit meinen Eltern ist jetzt 42 Jahre her. Beide sind längst verstorben. Ich war damals ein Kind von elf Jahren. Wer soll so ein Interesse haben und was soll mein Vater gemacht haben? Und wenn es so wäre, was habe ich dann damit zu tun?"

Fragen über Fragen, für die Tina keine Antwort wusste. Und ihr Gegenüber erst recht nicht. Sie überlegte kurz, ob er sich einen Spaß mit ihr macht. Aber sie verwarf den Gedanken dann doch wieder. Weil, mit so etwas spaßt man nicht, und vor allem wäre es pietätlos, über den Tod ihrer Eltern hinaus mit so etwas Schindluder zu treiben. Daher fing Tina an, ihm zu glauben.

„Sie werden damit doch nicht etwa an die Öffentlichkeit gehen?"

„Nein", sagt er. „Vorerst nicht, aber wenn daraus eine gute Story wird, wäre ich daran interessiert."

Tina wurde schwindelig. So eine Frechheit dachte sie.

„Das ist ja das Letzte", faucht sie ihn an. „Über mein Leben oder das meiner Eltern eine Story machen zu wollen. Es gibt nichts, was damals passiert. Alles andere ist eine Lüge."

Herr Krause war ihr unangenehm. Merkwürdigerweise verspürte sie plötzlich Angst. Ihr wurde kalt.

Trotz der großen Ablehnung gegenüber Hermann Krause hörte sie sich plötzlich fragen: „Was soll ich jetzt nur machen?"

„Vorsichtig sein, für den Fall das es ernst gemeint ist. Und nachdenken, ob nicht doch etwas in der Zeit gewesen ist, was von Bedeutung sein könnte."

In diesem Moment bereute sie ihre Frage schon wieder. Was bildet dieser Mensch sich ein, so über ihr vergangenes Leben zu reden. Sie weiß genau, dass damals nichts von Bedeutung geschehen ist.

Plötzlich fällt ihr etwas auf und sie bekommt einen furchtbaren Schreck und zuckt zusammen.

Der Reporter sieht sie erstaunt an.

„O Gott", sagt Tina. „Heute ist der 12. April."

Sein Gesichtsausdruck wurde erstaunter und er sagt: „Ja, und was ist daran so erschreckend?"

Ja, denkt sie, er kann es nicht wissen. Aber ich.

„Am 12. April 1976 bin ich mit meinen Eltern nach Kolumbien geflogen", sagt sie nachdenklich.

„Heute haben Sie den Anruf erhalten mit dem Hinweis auf meine Person und auf meinen Vater und unseren Aufenthalt in Kolumbien. Was ist, wenn das kein Zufall ist?"

Nachdem sie das gesagt hatte, veränderte sich der Blick von Hermann Krause. Er wurde nachdenklich.

„Ja", sagte er. „Das ist schon sehr merkwürdig."

Tina wollte nur nach Hause. Zu Puschel, die Tür hinter sich schließen und alles vergessen. Aber das würde ihr nicht gelingen.

Er schob ihr seine Visitenkarte über den Tisch.

„Nur zur Sicherheit, falls sie reden möchten oder Hilfe brauchen."

Er versuchte zu lächeln. Aber Tina war so in Gedanken, dass ihr das gar nicht auffiel.

Sie verabschiedete sich von Krause wie in Trance, verließ das Café und ging zu ihrem Wagen. Als sie losfuhr, bemerkte sie, wie sie am ganzen Körper zitterte. Das kam gewiss nicht von der Aprilkälte draußen. Sie bekam keinen klaren Gedanken zu fassen. Bloß nach Hause dachte sie.

Dort angekommen, öffnete sie, aus Gewohnheit, nochmal den Briefkasten, um nachzuschauen, ob Post gekommen ist.

Es war ein Brief drin. Komisch, nur der weiße Umschlag. Keine Anschrift und kein Absender. Wieder durchfuhr ein Schreck sie. Schnell machte sie die Haustür hinter sich zu und verschloss sie.

Puschel freute sich über ihr Eintreffen. Aber Tina hatte im Moment keinen Gedanken für Puschel. Sie nahm den Umschlag und legte ihn auf den Esszimmertisch.

Nachdem sie Jacke und Schuhe abgestreift hatte, setzte sie sich an den Esstisch. Sie dachte lange über das Gespräch mit Hermann Krause nach. Sie kramte seine Visitenkarte raus, legte sie neben den Umschlag und starrte beides an.

Leise seufzend und mit zittrigen Fingern nahm sie den Umschlag in die Hand und öffnete ihn. Er enthielt ein Blatt A fünf, einmal gefaltet. Sie öffnete es und las: *Die anderen drei haben wir schon. Du bist die Letzte.* Sie ließ den Zettel auf den Tisch fallen, hielt sich die Hände vors Gesicht und weinte.

6 Kolumbien, November 1977

Harald hatte ohne Schwierigkeiten auf dem Flughafen Schönefeld eingecheckt. Der Koffer war aufgegeben. Das Brot darin wurde zum Glück nicht entdeckt. Die Sache mit dem Laib ist schon ein Stück Tradition. In Kolumbien gibt es nur dieses widerlich süße Brot, das keinem schmeckt. Jeder, der von zu Hause kommt, muss unbedingt etwas mitbringen. Da freuen sich dann alle in der Botschaft und können mal wieder vernünftiges Brot essen.

Bis zum Abflug war genügend Zeit, um etwas zu essen und zu trinken. An Bord gab es zwar immer etwas zu essen, aber da weiß man ja nie, wie es schmeckt. Pünktlich neun Uhr zwanzig hebt die Maschine der LOT ab und fliegt nach Prag. Gegen

Abend geht es dann weiter über Paris, Madrid, Lissabon, Puerto Rico, Caracas nach Bogota.

Harald schmunzelt in sich hinein. Die haben so viel Angst, dass jemand abhauen könnte, so dass sie immer diese eigenartige Route wählen. Wo da der Sinn liegen soll, das wird er nie begreifen. Wer das will, kann überall aussteigen. Egal, dieses Thema steht für Harald nicht zur Debatte. Er möchte jetzt nur so schnell wie möglich zu seiner Familie, vorher diesen dämlichen Gürtel übergeben und dann seine Ruhe haben.

Auf Grund der vielen Zwischenstopps kam er wie immer nicht zum Schlafen und kommt entsprechend übermüdet in Bogota an. Trotz der Müdigkeit muss er jetzt seine Sinne schärfen, denn mit dem Gürtel im Gepäck darf ihm kein Fehler unterlaufen. Er nähert sich dem Kontrollposten, reicht seinen Pass rüber, wird wie immer nach dem Grund seiner Einreise gefragt, antwortet höflich und darf dann die Schranke passieren. Sieht wie ein Kinderspiel aus, denkt er. Aber innerlich fühlt er anders. Die Angst ist immer da. Wenn etwas Mal nicht klappt, was wird aus seiner Familie und was passiert mit ihm? Diese Gedanken schwirren ihm durch den Kopf, während er die Halle des Flughafens ELDORADO verlässt. Er geht zur Telefonzelle und ruft zu Hause bei seiner Frau an. Irma freut sich, ihn zu hören.

„Pass auf", sagt Harald. „Ich muss erst in die Werkstatt und etwas erledigen, dann komme ich zu

Euch nach Hause. Wie geht es Tina? Ist alles in Ordnung?"

Irma antwortet: „Ja, es ist alles gut. Sie hat große Fortschritte in der Schule gemacht. Sie ist stolz und möchte Dir unbedingt alles zeigen!"

Harald freut sich und sagt: „Ich beeile mich."

Er legt auf, verlässt die Telefonzelle, ruft sich ein Taxi und lässt sich in die Werkstatt fahren. Dort angekommen, nimmt er die Waffe aus seinem Schreibtisch. Sicher ist sicher, denkt er sich. Er weiß nicht, was ihn bei dem Treffen mit Pedro erwartet.

Er wählt die Nummer und wartet, dass jemand abnimmt. Pedro ist gleich am Apparat. Sie verabreden einen Treffpunkt und Harald fährt mit dem Wagen dorthin. Es ist ein kleines Büro auf einem Hinterhof, wo sie sich treffen. Seine Sorge war unnötig. Pedro ist ein freundlicher, aufgeschlossener junger Mann. Er ist allein und Harald macht sich keine Gedanken über einen Hinterhalt. Er übergibt den Gürtel, verabschiedet sich höflich und verlässt erleichtert das Gelände. Er möchte diese Dinge so schnell wie möglich wieder vergessen und sich seiner Familie widmen.

Glücklich bei dem Gedanken daran fährt er nach Hause.

7

Am nächsten Morgen beschließt Tina, mit dem Zettel zur Polizei zu gehen.

Sie hat eine schlechte Nacht hinter sich und fühlt sich wie gerädert. Sie hat über die Zusammenhänge nachgedacht. Eins ist ihr aber klar. Das Datum kann kein Zufall sein. Nur kann sie sich in keinem Fall an irgendetwas erinnern, was damals vorgefallen sein könnte. Ihre Eltern haben nie irgendetwas erwähnt. Nicht mal ansatzweise.

Sie hat Angst und fühlt sich bedroht.

Während sie auf dem Polizeirevier wartet, ist sie sich immer noch nicht sicher, was sie genau den Beamten sagen soll.

Soll sie die Informationen des Journalisten erwähnen oder lieber für sich behalten? Sie weiß es nicht.

„Frau Walter", Tina zuckt zusammen, als sie ihren Namen hört. „Kommen sie bitte rein."

Der Beamte ist höflich, stellt sich mit Müller vor und fragt nach ihrem Anliegen.

Tina zögert. Sie holt den Briefumschlag vom Vortag aus ihrer Tasche und hält ihn in der Hand.

„Ich habe gestern in meinem Briefkasten diesen Umschlag gehabt."

Sie überreicht dem Beamten den Umschlag. Er nimmt ihn und zieht den Zettel heraus. Tina hat das Gefühl, dass er schmunzelt. Sie ist fassungslos.

Er sagt: „Was soll das bedeuten? Das kann jeder geschrieben haben und sich einen Scherz mit ihnen machen."

Tina holt tief Luft und fasst ihren ganzen Mut zusammen. Sie versucht, ihm die Zusammenhänge und Fakten zu erklären. Er hört ihr aufmerksam zu. Nach einer kurzen Pause antwortet er ihr.

„Tja Frau Walter, das klingt ja alles offenbar plausibel, aber unser Problem ist, dass wir da nichts machen können. Solange sie nicht bedroht werden, können wir überhaupt nichts tun. Der Brief allein sagt gar nichts. Wo sollen wir mit unseren Ermittlungen ansetzen? Es gibt keine konkreten Hinweise auf Straftaten. Wir können da nichts machen, so leid es uns tut."

Tina ist entsetzt. Sie fühlt sich mit ihrer Angst allein gelassen und leer. Sie verabschiedet sich von Herrn Müller und geht.

Sie muss erstmal ins Büro und ein paar Aufträge abarbeiten. Vom Vortag sind Schreiben zu erledigen und Schriftsätze auszuliefern.

Was soll sie nur tun. Sie kann doch nicht untätig dasitzen und warten was passiert. Ihr fällt ein Freund ihres Vaters ein. Fritz Werner.

Ihr Vater hat Fritz damals kennengelernt, als in der Firma, in der er nach dem Auslandsaufenthalt gearbeitet hat, ein schwerer Diebstahl begangen wurde. Fritz arbeitete damals bei der Kriminalpolizei. Seit der Wende 1989 arbeitet er beim Staatsschutz. Fritz ist etwas jünger als ihr Vater gewesen und müsste jetzt noch fünf Jahre bis zur Rente haben. Da Tina Fritz immer mochte, kann sie sich gut an ihn erinnern. Sie muss unbedingt Kontakt mit ihm aufnehmen. Vielleicht kann er ihr weiterhelfen. Eventuell hat ihr Vater ihm gegenüber irgendetwas erwähnt, was für Tina von Bedeutung sein könnte.

Sie sucht aus ihrem kleinen Telefonbuch seine Nummer raus und ruft an.

„Ja bitte", meldet er sich. Tina muss lächeln. Das ist schon immer so seine Art gewesen, sich nicht mit dem Namen zu nennen.

„Hallo Fritz, hier ist Tina."

„Hey, na das ist ja eine Überraschung. Wie geht es dir?"

„Zurzeit nicht so gut. Deswegen brauche ich dringend mal deine Hilfe", antwortet sie.

Sie vereinbaren für den nächsten Tag ein Treffen. Bis dahin muss Tina sich gedulden. Obwohl es förmlich in ihr brennt, mit Fritz über alles so schnell wie möglich zu reden.

Sie erledigt die angefangenen Arbeiten, fährt den Laptop runter und schließt die Jalousien. Auf dem Weg zum Parkplatz muss die darüber nachdenken, dass sie sich nicht sicher fühlt.

Der Brief ist nicht mit der Post gekommen. Er wurde persönlich in den Briefkasten geworfen. Kein gutes Gefühl für Tina.

Peinlich genau achtet sie darauf, dass alle Türen und Fenster im Haus fest verschlossen sind. Zu groß ist die Angst, die sie zurzeit verspürt. Sie kontrolliert nochmals die Alarmanlage und geht ins Bett.

8

Kaum dass Tina eingeschlafen ist, wird sie durch das Mauzen von Puschel aus dem Schlaf gerissen. Sie lauscht. Außer den Geräuschen der Katze ist nichts zu hören. Sie weiß nicht, warum Puschel so unruhig ist. Tina schlüpft aus dem Bett, schleicht zum Fenster und schaut auf die Straße. Es ist alles ruhig draußen. Sie macht kein Licht und geht in das gegenüberliegende Arbeitszimmer und späht auf die Terrasse und den Garten hinaus. Nichts. Nur Dunkelheit und die sich leise wiegenden Obstbäume. Der Mond scheint diese Nacht sehr hell, sodass sie gut in den Garten sehen kann. Ihre Augen haben sich mittlerweile an die Dunkelheit gewöhnt, aber sie kann nichts Außergewöhnliches feststellen. Sie merkt, dass sie friert. Langsam und in Gedanken an den vorherigen Tag geht sie wieder ins Bett.

Sie liegt lange wach und versucht, zu schlafen. Ihre Gedanken kreisen um das Telefonat, den Journalisten, ihre Eltern, ihren Aufenthalt in Bogota und all die ungereimten Fragen, auf die sie einfach keine Antwort weiß.

Nach einer unruhigen Nacht und einem nicht enden wollenden Tag trifft sie sich endlich mit Fritz. Schon bei der Begrüßung bemerkt Fritz ihre Nervosität, was sonst nicht Tinas Art ist.

„Hallo", sagt sie und lässt sich erleichtert auf den Stuhl fallen.

„Hey, was ist los", sagt Fritz.

Tina schaut ihn ein paar Sekunden lang wie gebannt an und dann beginnt sie zu erzählen. Alles, was Hermann Krause ihr erzählt hat, ihre Vermutung mit dem Datum und zum Schluss die Sache mit dem Briefumschlag. Sie holt den Umschlag aus der Tasche und reicht ihn Fritz.

Er sieht ihn sich an und sagt: „Das Ding kann mit jedem beliebigen Drucker gedruckt worden sein. Damit kommst Du nicht weiter."

Tina seufzt. Sie hatte nichts anderes erwartet.

„Ich habe Angst", sagt sie zu Fritz.

Er schaut nachdenklich.

„Ja", sagt er, „dass glaube ich dir. Aber was willst du tun. Eine offene Konfrontation hat es bisher nicht gegeben. Die Polizei hast du informiert."

„Na toll", entfährt es Tina. „Da bin ich auf offene Ohren gestoßen. Sie scheinen mir kein Wort zu glauben und können mir nicht im Mindesten helfen." Sie grübelt und versucht einen neuen Vorstoß bei Fritz.

„Du sag mal. Während der Zeit, als wir im Ausland waren, da wurden wir doch ständig von der Staatssicherheit überwacht und bespitzelt. Ich kann mich daran erinnern, dass sie uns Kindern in den Sommerferien sogar auf dem Rummel auf dem Weidendammplatz hinterhergeschnüffelt haben. Da muss es aus der Zeit doch die Stasi-Akten geben. Vielleicht kann ich da irgendetwas Interessantes entdecken, wenn ich mal einen Blick reinwerfen könnte."

Fritz lacht.

„Na du hast ja Humor. Du glaubst doch nicht im Ernst, dass die existieren."

„Doch", antwortet Tina. „Wo sollen die denn hin sein? Und geben muss es doch welche."

Sie wollte einfach nicht aufgeben.

„Vergiss es", sagt er. „Dein Vater hatte zur Wendezeit schon mal versucht, Einsicht zu erhalten. Leider ohne Erfolg. Es gab nichts."

Das konnte Tina nicht begreifen.

„Es muss doch Akten über uns gegeben haben. Das geht doch gar nicht. Das würde ja bedeuten, dass die Akten entweder gestohlen oder vernichtet worden sind."

Ihr wurde übel.

„Angenommen, die Akten wurden gestohlen und es stand etwas Wichtiges drin, dann läuft da jemand rum, der brisante Informationen haben könnte", sagt Tina. „Informationen, die für mich jetzt wichtig sind. Angeblich soll mein Vater jemandem etwas gestohlen haben. Der will sein Eigentum jetzt wiederhaben."

„Ja, das ist möglich", antwortet Fritz. So langsam erlischt in Tina die Hoffnung, auf diesem Weg weiterzukommen und etwas zu erfahren.

„Mist", sagt sie.

Fritz, sieht ihr die Enttäuschung an und sagt: „Nimm es so hin, wie es ist. Du kannst es nicht ändern."

Tina ist unzufrieden. Sie weiß nicht weiter. Sie macht noch ein bisschen Smalltalk mit Fritz und verabschiedet sich dann von ihm.

„Pass auf dich auf", sagt er zum Abschied.

Wieder zu Hause lässt sie sich auf die Couch sinken und schläft völlig erschöpft ein. Irgendwann in der Nacht wacht Tina auf, weil Puschel neben ihr gemauzt hat. Oje, das arme Kätzchen, denkt Tina. Habe ich doch ganz vergessen, ihr noch Futter zu geben. Der Schlaf hat Tina gutgetan. Sie gibt Puschel das Fressen, krault sie ein wenig und freut sich über ihr Schnurren.

Schnell holen die Ereignisse der letzten Tage sie wieder ein. Sie sitzt am Esszimmertisch, schaut den Inhalt des Briefes wieder an und weiß nicht, was sie machen soll. Die Idee mit den Akten kann sie abhaken. Damit kommt sie nicht weiter. Tina hat Angst und fühlt sich leer. Plötzlich durchfährt sie ein kalter Schauer. Sie muss an den Brief denken. Es wird ihr unheimlich bewusst, dass die oder der, wer auch immer, genau über sie Bescheid wissen. Sie wissen, wo sie wohnt, was sie in ihrer Kindheit gemacht hat, und haben immer und überall die Möglichkeit, sie zu finden. Was für ein abscheulicher Gedanke. Das macht Tina rasend vor Wut und Angst. Sie muss etwas unternehmen. Sie kann nicht tatenlos zu Hause sitzen und warten, was auf sie zukommt.

Die Visitenkarte von Hermann Krause liegt noch auf dem Tisch. Sie nimmt sie in die Hand und schaut lange nachdenklich darauf. Warum wurde gerade er kontaktiert? Warum nicht gleich Tina, um die es ja eigentlich geht? Irgendwie ergibt es keinen Sinn. Wenn es da wirklich etwas gibt, was in der Vergangenheit gelaufen ist, warum wird aus dem Nichts heraus ein Journalist informiert, der absolut nichts mit dem Fall zu tun hat, keine der betroffenen Personen kennt und mit einem mal so plötzlich auf der Bildfläche erscheint? Sie findet keine Antwort auf diese Fragen. Zumindest nicht in dieser Nacht. Es ist spät. Sie muss schlafen gehen. Morgen nimmt sie sich vor, wird sie alles nochmal genau durchdenken, die Fakten aneinanderreihen und versuchen, irgendwo einen Sinn darin zu finden. Wenn möglich, wird sie schauen, ob es irgendwo heute noch eine Verbindung zu damals gibt, der sie nachgehen kann.

9 Kolumbien, 1977

Schwülheiße Luft hängt über der Millionenstadt Bogota. Harald sitzt in der Werkstatt an seinem Schreibtisch und sieht die Post durch. Es ist nichts Außergewöhnliches dabei. Das ist gut so, denkt er. Er steht auf, sieht bei den Mitarbeitern nach dem Rechten und verabschiedet sich für heute. Er will sich noch mit seinen Freunden treffen. Er fährt mit seinem Wagen mehrere Häuserblocks weiter in die Calle 124 Ecke Carrera 71d. Dort haben sie sich in einer kleinen Bar verabredet.

Volker und Peter sind schon da und sitzen beim kühlen Bier. Günter kann heute nicht. Aber das ist nicht so schlimm. Sie begrüßen sich und Harald bestellt sich ein Bier und einen Aguadiente. Den braucht er jetzt.

Sie fragen Harald, wie es zu Hause war.

„Na alles klar in der Heimat?", fragt Volker.

„Ja. Alles beim Alten", antwortet Harald. „Scheiß Wetter ist in der Heimat gewesen. Wind, Regen und Kälte. Da gefallen mir die Tropen hier schon besser", antwortet er und lacht.

„Wir müssen uns noch über die Sache in Medellin unterhalten", sagt Volker.

„Warum?", antwortet Peter. „Es ist doch alles besprochen worden. Wir machen es wie geplant und dann ist gut. Oder was sagst Du dazu, Harald?"

Harald grübelt ein wenig und sagt: „Na ja, ein gutes Gefühl habe ich nicht dabei."

„Du kriegst doch jetzt nicht etwa kalte Füße!", sagt Peter.

„Nein" antwortet Harald. „Aber wir müssen vorsichtig sein. Es ist eine ziemlich große Anzahl von Steinen. Wir müssen sie auch unbemerkt wieder zurücktransportieren. Schließlich gehören sie uns nicht."

Haralds Sorge wird von Peter und Volker beim Bier weggeredet. Nach etwas zu vielen Bierchen verabschieden sich die Männer am späten Nachmittag und fahren nach Hause. Harald hat eine gehörige Bierfahne.

Zu Hause angekommen, begrüßt er seine Frau.

„Wo warst Du denn schon wieder?", fragt Irma sichtlich sauer.

„Ich habe mich mit Volker und Peter getroffen. Wir haben unsere nächste Reise nach Medellin besprochen."

„Musst Du deswegen gleich so viel trinken", schnauzt sie ihn an. Harald ist nicht nach streiten. Er geht zur Bar und genehmigt sich noch einen Aguardiente.

„Wo ist Tina?", fragt er seine Frau.

„Nebenan bei Peters Sohn. Sie spielen zusammen", antwortet Irma ihm.

Das ist gut, denkt Harald. Wenn die Kinder glücklich sind, dann ist er es auch.

10

Tina hat diesmal erstaunlicherweise gut geschlafen. Na ja, denkt sie, der Körper nimmt sich irgendwann, was er braucht. Sie gießt sich eine Tasse Kakao auf und setzt sich an den Esstisch. Der Brief geht ihr nicht aus dem Kopf. Sie muss auch an Hermann Krause denken. Arbeitet er wirklich bei der Zeitung, ist er tatsächlich Journalist oder gaukelt er ihr nur etwas vor? Das muss Tina unbedingt wissen. Sie kramt seine Visitenkarte raus und ruft nochmal bei Fritz Werner an. Er meldet sich am Telefon.

„Hallo Fritz, hier ist nochmal Tina."

„Ich hoffe, es geht dir gut", antwortet Fritz.

„Ja, soweit ist alles in Ordnung. Ich habe da mal eine Bitte. Ich weiß, dass es nicht in dein Aufgabengebiet fällt, aber es wäre für mich sehr wichtig. Könntest Du bitte jemanden für mich überprüfen?"

„Tina das geht zu weit und das weißt du auch", antwortet Fritz.

Tina weiß das, aber sie will nicht locker lassen. Sie muss es unbedingt wissen.

„Nur dieses eine Mal", bettelt sie Fritz an.

Schließlich gibt er auf und lässt sich von Tina den Namen geben.

„Ich melde mich bei Dir", sagt Fritz sichtlich sauer. „Aber mache bitte keinen Unsinn", sagt er noch zum Schluss.

Tina legt auf und ist froh, dass er ihr hilft. Zwischendurch grübelt sie über den Brief nach. Sie nimmt ihn sich nochmals zur Hand und legt ihn auf den Tisch.

Die anderen drei haben wir schon. Du bist die Letzte.

Was könnte damit nur gemeint sein? Sie grübelt über die Zeit in Kolumbien nach und denkt an ihre Eltern. In welchem Zusammenhang soll das stehen? Die anderen drei, was ist damit gemeint? Tina versteht es nicht. Ihre Eltern sind schon viele Jahre tot. Was soll sie über die Zeit dort wissen. Außer das sie dort vier Jahre normal gelebt haben.

Sie ging zur Schule, ihre Eltern zur Arbeit. Was ist daran so anders? Sie weiß es nicht.

Das Klingeln des Telefons reißt sie aus ihren Gedanken. Fritz ist dran.

„Du kannst ganz beruhigt sein. Er ist sauber. Er hat vor Jahren eine Ausbildung bei einer Redaktion gemacht und arbeitet jetzt als freiberuflicher Journalist bei der Ostsee-Zeitung. Also alles im grünen Bereich."

Tina ist erleichtert. Sie bedankt sich bei Fritz und beendet das Gespräch.

Dennoch ist sie nicht zufrieden. Es bleibt immer noch die Frage offen, warum gerade er angerufen wurde. Das versteht Tina nicht. Sie muss es rauskriegen. Aber wie? Sie nimmt seine Visitenkarte zur Hand und ruft ihn an.

„Krause, guten Tag", meldet er sich.

„Hallo, hier ist Tina Walter."

„Was für eine Überraschung. Ich dachte schon, Sie melden sich gar nicht mehr."

„Können wir uns nochmal treffen", fragt Tina.

„Ja, sehr gerne", antwortet er.

Tina schlägt ihm den Asiaten in ihrem Wohngebiet vor. 18.00 Uhr wollen sie sich dort treffen.

Tina beendet das Telefonat und beschließt, ihn nochmal ganz genau nach dem anonymen Anruf zu befragen.

Das Wetter ist heute erstaunlich gut. Deshalb ist Tina heute zu Fuß zum Büro in die Altstadt gegangen. Es sind fußläufig ungefähr 20 bis 25 Minuten. Je nachdem wie schnell sie geht.

Der Tag hat wieder ein paar neue Aufträge gebracht, obwohl sie noch genug offene Arbeiten liegen hat. Ungern nimmt Tina zurzeit neue Aufträge an, da die Geschehnisse des Alltags sie zu sehr beschäftigen. Sie möchte aber keinen Kunden enttäuschen.

Tina zieht sich ihren Mantel über und verlässt das Büro. Die Gaststätte liegt auf dem Weg nach Hause, sodass der Treffpunkt von ihr gut gewählt wurde.

„Guten Abend", sagt Tina zu Hermann Krause, der vor dem Asiaten auf sie wartet.

„Guten Abend Frau Walter."

Sie nehmen an einem Tisch in der Ecke Platz. Die Kellnerin kommt und gibt ihnen die Karten.

„Ich bin Hermann, ist es in Ordnung, wenn wir uns duzen?" Tina zögert, sagt dann aber lächelnd: „in Ordnung, ich bin Tina."

Die Kellnerin kommt, nimmt die Bestellung auf und die beiden sind wieder allein am Tisch. Tina weiß nicht so genau, wie sie beginnen soll, schließlich wollte sie dieses Treffen. Bis die Getränke kommen, schweigen sich beide an. Tina hält es nicht mehr aus und beginnt das Gespräch.

„Ich wollte Sie, Verzeihung ich meine dich, noch etwas fragen."

Wieder Stille zwischen beiden.

„Frag", sagt Hermann trocken.

„Dieser anonyme Anruf, den Du erhalten hast. Kannst Du mir mehr darüber sagen?"

„Wie meinst Du das. Ich habe Dir alles erzählt. Es war eine männliche Stimme, er sprach Deutsch mit Akzent. Er sagte, dass ihr damals in Kolumbien wart und dein Vater etwas gestohlen hat, was er jetzt wieder haben will. Mehr kann ich dir dazu nicht sagen."

Wieder Stille am Tisch. Das war gewiss nicht das, was Tina hören wollte. Sie wusste selber nicht so genau, was sie hören wollte. So kam sie nicht weiter.

„Das hilft mir nicht wirklich", sagte sie zu Hermann.

„Mehr kann ich dir leider nicht sagen", entgegnet er. Das Essen kam und sie aßen schweigend.

Nachdem die Kellnerin abgeräumt hatte, fragte er vorsichtig: „Darf ich dich etwas fragen?"

Erstaunt sah Tina Hermann an und sagte: „Ja."

„Wie kam es damals, dass ihr nach Kolumbien gegangen seid. Da fährt man doch nicht einfach hin. Zumindest nicht zu tiefsten DDR-Zeiten. Und wie war es so, dort zu leben."

Tina seufzte leise. Warum sollte sie ihm so einen Einblick in ihr Leben geben. Andererseits, wem schadet es, wenn sie darüber erzählt.

„Tja, was soll ich dir sagen. Irgendwann wurde mein Vater mal vom Ministerium für Außenhandel angesprochen und gefragt, ob er in Kolumbien arbeiten möchte. Er hat es mit meiner Mutter besprochen und ja gesagt. Darauf folgte ein halbes Jahr Intensivvorbereitung in Berlin. Das beinhaltete einen Intensiv-Sprachkurs Spanisch und die allgemeine Vorbereitung auf einen Auslandsaufenthalt. Was er genau dort machen sollte, bekam er erst kurz vor der Abreise zu erfahren. Er war erst ein halbes Jahr alleine dort. Kam dann wieder nach Hause und ist dann mit meiner Mutter und mir wieder nach Bogota geflogen. Und das war am 12. April 1976.“

Hermann hatte ihr gebannt zugehört.

„Du wirst aber darüber nichts schreiben, oder?“, fragte Tina ängstlich.

„Nein, bestimmt nicht. Ich frage nur aus rein privatem Interesse, wirklich. Ich finde es sehr interessant, was du in deiner Kindheit erlebt hast. Das war zu DDR-Zeiten nicht unbedingt die Regel. In Kolumbien zu leben und zur Schule zu gehen ist sicherlich ungewöhnlich und anders.“

„Ja. Das mit der Schule war echt lustig“, sagt Tina. „Wir hatten eine Lehrerin und waren meistens zwölf Schüler. Die zwölf Schüler gingen in die erste bis sechste Klasse. Es war schon komisch. Unsere Lehrerin hat immer nach und nach an jeden Schüler, entsprechend seiner Klassenstufe, die Aufgaben verteilt. Irgendwie war es wie Privatunterricht. Wir haben wirklich viel und gut gelernt. Das hat richtig Spaß gemacht", lacht Tina.

„Ihr wart doch aber nicht immer in der Botschaft. Wie habt ihr eure Freizeit verbracht?"

„Meine Eltern haben am Tag gearbeitet. Ich war vormittags in der Schule, dann wurde in der Küche in der Botschaft Mittag gegessen und nachmittags waren wir auch in der Botschaft und haben uns beschäftigt und auch zum großen Teil schon die Hausaufgaben gemacht. Ansonsten war Freizeit und Spielen angesagt. Das Gute war, dass wir auch mit Mitarbeitern der Botschaft in Kontakt gekommen sind, die Kolumbianer waren. Dadurch haben wir Kinder sehr schnell Spanisch gelernt. Das Lustige damals war, dass ich besser Spanisch konnte als meine Mutter. Wenn wir mal irgendwo hingefahren sind, zum Beispiel ohne meinen Vater, konnte ich für meine Mutter immer übersetzen. Das fand ich damals richtig spaßig."

Beide mussten lachen. Für einen Moment vergaß Tina ihre Sorgen und wirkte richtig entspannt.

Hermann fragte: „Wart ihr am Wochenende und nach Feierabend auch nur in der Botschaft oder habt ihr Euch da frei bewegen können?"

„Wir konnten uns frei bewegen. Zum Einkaufen war alles in der Nähe. Wenn wir mal weiter wegwollten zum Bummeln, bekamen wir meistens von der Botschaft ein Auto mit Fahrer gestellt. Das war nötig, weil wir oft durch Stadtgebiete gefahren sind, die zum damaligen Zeitpunkt doch etwas gefährlich waren. Hier war es einfach wichtig, auf die Anweisungen der Fahrer zu achten, auch wenn dann manchmal alle Fenster des Fahrzeuges geschlossen bleiben mussten. Aber die Sicherheit ging vor."

Tina machte eine Pause.

Hermann nutzte die Gelegenheit und fragte: „Wie war es dort eigentlich mit eurem Schutz. Kolumbien ist ja damals nicht gerade das sicherste Land gewesen."

„Die Botschaft war ständig bewacht. Um kein Aufsehen zu erregen, standen vor unserer Haustür immer zwei Leute in Zivil und haben uns nicht aus den Augen gelassen. Das war allerdings etwas komisch. Wir haben nie herausgefunden, wer sie tatsächlich waren und ob sie wirklich zu unserem Schutz da waren oder nur, um uns zu überwachen. Das wussten wir nie. Ich weiß noch, als ich meinen Vater mal fragte, was das für Leute sind, da sagte er mir, das sind unsere Freunde. Ich war damals Kind, also was habe ich gemacht, ich habe sie freundlich gegrüßt und Guten Morgen gesagt. Mein Vater ist, fasst ausgeflippt, er war stocksauer auf mich. Danach war er dann mit solchen Äußerungen etwas vorsichtiger."

Nachdem sie das gesagt hatte, wurde Tina nachdenklich. Ihr viel ein, dass sie so manches Mal bei Reisen innerhalb des Landes tatsächlich beschützt wurden.

„Komisch", sagt sie zu Hermann. „Bei manchen Reisen ins Landesinnere wurden wir entweder vom Militär oder von Rebellen eskortiert. Damit uns nichts zustößt. Nun weiß ich aber nicht so genau, ob das offiziell von der Botschaft organisiert war oder ob es mit meinem Vater zusammenhing. Das weiß ich nicht. Mir wurde immer nur gesagt, es sei zu unserer Sicherheit."

Nachdenklich blickt Tina aus dem Fenster.

„Wart ihr viel im Land unterwegs?", fragt Hermann.

„Ja", antwortet Tina. „Meine Eltern waren sehr wissbegierig.

Sie haben sich sehr für Land und Leute interessiert. Nicht viele Familien in der Botschaft waren so. Die meisten blieben in Bogota und haben ihr Geld gespart oder sind mal über ein verlängertes Wochenende ins „Warme Land" gefahren. Das haben wir damals immer so gesagt, denn in Bogota konnte es auch schon mal sehr kühl sein. Zumindest wenn man bedenkt, dass dort Tropenklima herrscht. Dann sind wir immer circa zwei Stunden von Bogota entfernt nach Melgar gefahren oder in das vier Stunden entfernte Girardot. Dort gab es schöne Hotels mit super Pools, wo man es für ein paar Tage gut aushalten konnte. Das war auch für uns Kinder immer schön. Wir kamen den ganzen Tag nicht aus dem Pool raus. Höchstens zu den Mahlzeiten oder für ein Eis zwischendurch."

Hermann hörte ihr gerne beim Erzählen zu.

Schade dachte Tina, ich hätte gerne noch mehr über das anonyme Telefonat erfahren.

Die Kellnerin kam und fragte, ob es noch etwas sein darf. Beide schüttelten den Kopf und Tina ließ sich die Rechnung bringen. Vor der Tür wollte sich Tina von Hermann verabschieden.

Er sah sie an und sagte: „Das war ein schöner Abend."

Tina musste lächeln. „Ja" entgegnete sie nur. Es war eine komische Situation. Schnell verabschiedete sie sich von ihm und ging nach Hause.

Inzwischen war es dunkel geworden. Auf dem Heimweg schauderte es Tina ein wenig. Sie musste an den Grund ihres Treffens denken und fühlte sich so allein unterwegs nicht wohl. Nur schnell nach Hause, dachte sie. Ihrer Gewohnheit folgend schloss sie den Briefkasten auf und sah nach der Post. Zwei Briefe waren drin. Die Telekomrechnung und ein weißer Umschlag.

Wie vom Blitz getroffen, stand Tina mit den Umschlägen in der Hand vor ihrer Haustür. Nachdem sie den ersten Schreck überwunden hatte, schloss sie rasch die Haustür auf und verschwand im Haus.

12

Mit zittrigen Händen zog sie ihren Mantel aus, warf ihn über die Garderobe und stellte die Schuhe in den Flur. Puschel wollte gekrault werden, doch dafür hatte Tina im Moment keine Gedanken. Sie musste nur an den Brief denken. Wieder setzte sie sich an den Esszimmertisch und legte den Brief vor sich hin. Was mag er wohl diesmal enthalten, dachte sie. Vor allem, er wurde offensichtlich wieder direkt in den Briefkasten getan. Es muss also jemand hier gewesen. Hier, bei ihr zu Hause. Vor ihrer Haustür. Unglaublich. Was soll das? Sie versteht nichts mehr. Was soll dieses Versteckspiel? Ihr wird bewusst, dass sie vor lauter Aufregung noch nicht mal die Jalousien geschlossen hat. Schnell kurbelt sie alle runter und sinkt erschöpft auf die Couch. Sie hat Angst. Dann rafft sie ihren ganzen Mut zusammen, setzt sich wieder an den Tisch und nimmt den Umschlag in die Hand. Genau wie beim ersten Mal ist äußerlich nichts zu sehen. Sie holt tief Luft und öffnet den Umschlag vorsichtig.

Als Erstes zieht sie ein Bild heraus. Es ist ein altes Bild. Darauf ist ihr Vater abgebildet mit einem Kolumbianer. Sie erkennt den Ort der Aufnahme wieder. Es wurde damals in Medellin gemacht. Der Mann neben ihrem Vater war ein damaliger Freund. Sie hatten sich bei dem Besuch der Bananenplantage kennengelernt und er hatte sie zu sich nach Medellin eingeladen. Im Hintergrund sieht Tina einen kleinen Jungen. Auch an ihn kann sie sich erinnern. Das ist der Sohn von dem Mann auf dem Bild. Den Namen weiß sie nicht mehr. Sie hat damals sogar mit ihm zusammen gespielt. Aber was soll sie mit dem Bild. Was soll es ihr sagen. Sie schaut in dem Umschlag nach und entdeckt noch zwei Zeitungsartikel und drei Todesanzeigen. Ihre Hände zittern, als sie alles dem Umschlag entnimmt. Sie legt das Bild beiseite und schaut sich die Traueranzeigen an. Ihr steigen beim Lesen die Tränen in die Augen. Sie kann nicht glauben, was sie da sieht. Das sind die Traueranzeigen der ehemaligen Kollegen ihres Vaters. Peter Gregorius, Günter Lietz und Volker Simon. Ihr wird ganz schlecht. Nun nimmt sie sich die zwei Zeitungsartikel zur Hand. Beim Lesen fängt sie hemmungslos zu weinen an. Sie kann sich kaum wieder beruhigen. Das kann alles nicht wahr sein, denkt Tina. Aus den Artikeln geht hervor, dass Peter Gregorius und Günter Lietz vermutlich Selbstmord begangen haben. Das kann Tina kaum glauben.

Sie holt sich Wasser aus der Küche und spült ihre trockene Kehle. Zwischendurch muss sie immer mal wieder schluchzen. Noch kann sie keinen klaren Gedanken fassen.

Schlagartig wird ihr die Bedeutung des ersten Briefes klar. *Die anderen drei haben wir schon. Du bist die Letzte.*

Sie versteht nichts mehr. Ihr wird übel. Sie geht auf die Toilette und muss sich übergeben. Sie wäscht sich das Gesicht mit kaltem Wasser und schleppt sich völlig erschöpft auf die Couch. Dort liegt sie und weint sich in den Schlaf.

Mitten in der Nacht wacht Tina auf. Sie kann nicht mehr weinen. Sie hat das Gefühl, dass ihr Kopf leer ist. Nichts geht mehr. An Aufstehen ist nicht zu denken. Bei dem Gedanken an die ehemaligen Kollegen ihres Vaters wird ihr wieder übel. Sie versucht, den Brechreiz zu unterdrücken. Das gelingt ihr nur mit Mühe. Der Inhalt des ersten Briefes ist ihr nun schmerzlich bewusst. Aber sie sieht keinen Zusammenhang. Sie kann sich nicht vorstellen, was ihr Vater gestohlen haben soll. Und was haben dann die anderen drei damit zu tun. Und vor allem was hat sie selbst damit zu tun. Sie weiß überhaupt nichts mehr. Mit diesen wirren Gedanken im Kopf schläft Tina wieder ein.

13

Zitternd vor Kälte wacht Tina auf der Couch auf. Es ist bereits sieben Uhr. Sie hat es die Nacht nicht mehr ins Bett geschafft und ist einfach liegengeblieben.

Puschel fällt ihr wieder ein und sie sucht ihr Kätzchen. Mit klammen Fingern gibt sie ihr Futter und beschließt, erstmal ein heißes Bad zu nehmen. Trotz der anbrechenden Morgendämmerung lässt sie die Jalousien geschlossen. Sie möchte nichts von draußen sehen und niemand soll hereinschauen können.

Sie lässt Wasser in die Badewanne laufen und brüht sich inzwischen einen starken Kaffee. Mit dem Kaffee in der Hand geht sie ins Badezimmer, stellt ihn auf das kleine Tischchen neben der Wanne und lässt sich in den weichen Schaum gleiten, der auf der

Wasseroberfläche liegt. Sie schließt die Augen und genießt das heiße Wasser, das sie umgibt.

Was soll sie nur machen? Zur Polizei gehen? Die glauben ihr doch wieder kein Wort. Fritz nochmal anrufen? Der war auch allem gegenüber sehr skeptisch.

Tina weiß nicht weiter. Sie nimmt die Tasse mit dem heißen Kaffee und nippt daran. Die heiße Flüssigkeit durchdringt ihren Körper und löst ein wenig Wohlbehagen aus. Das warme Wasser tut sein Übriges. Sie zwingt sich, nachzudenken, obwohl es ihr sehr schwerfällt. Die Zeitungsausschnitte und die Todesanzeigen sagen ihr ziemlich eindeutig, dass die drei nicht eines normalen Todes gestorben sind. Aber was kann so schlimm sein, dass deswegen Menschen umgebracht werden?

Trotz des heißen Wassers fröstelt sie.

Und ihr Vater, was hat er wirklich getan, oder auch nicht? Sie muss es herausfinden. Aber wie? Sie muss auch auf sich aufpassen. Was haben diese Leute als Nächstes vor und wie kann sie denen begreiflich machen, dass sie von nichts weiß und auch nichts hat?

O Gott, denkt Tina, was mache ich nur. Sie versucht, auf andere Gedanken zu kommen, und spielt mit dem Schaum auf der Wasseroberfläche. Sie nimmt ihn in die Hand und lässt ihn am Arm heruntergleiten. Durch das Licht glitzert der Schaum und löst in Tina ein wohliges Gefühl aus. Sie kann es nicht beschreiben, aber es fühlt sich irgendwie gut an.

Plötzlich kommt ihr ein Gedanke. Sie nimmt die angefangene Tasse mit dem heißen Kaffee, steigt aus der Wanne und trocknet sich ab. Schlüpft in ihren kuscheligen Bademantel und geht ins Arbeitszimmer. Dort steht im Regal ein Schuhkarton, den sie seit dem Tod ihrer Eltern nicht mehr angefasst hat.

Sie nimmt ihn aus dem Regal und stellt ihn vor sich auf den Tisch. Behutsam öffnet sie den Deckel und hält inne. Vor ihr tauchen Bilder auf, die ihre Eltern damals in Kolumbien gemacht haben. Die Bilder sind nur ein kleiner Teil dessen, was sie fotografiert haben.

Das meiste hat ihr Vater zu dieser Zeit auf Dias entwickeln lassen. Es sind noch mehr als eintausend Dias, die auf dem Dachboden liegen, wo Tina noch nicht weiß, was sie damit machen soll.

Aber erstmal hofft sie, bei den Bildern fündig zu werden. Ihr Vater war ein sehr ordentlicher Mensch. Er hat immer alle Bilder und Dias mit den entsprechenden Namen, Orten, Datum und Anlässen beschriftet. Sie hofft, dass ihr das jetzt weiterhilft.

Die Bilder sind alle völlig ungeordnet. Kein Wunder, sie hat sie damals einfach genommen und in den Schuhkarton gelegt. Nun sitzt sie da, im Bademantel, den halbkalten Kaffee vor sich und versucht, in dieses kleine Chaos Ordnung zu bringen. Es sind sehr viele Bilder, die auf der Safari aufgenommen wurden. Alte Erinnerungen werden wach. Tina wird ein bisschen wehmütig. Es folgen Bilder von Fahrten, die sie an den Wochenenden gemacht haben. Sie sieht ihre Mutter und ihren Vater lachend am Pool liegen,

Unweigerlich fängt sie mit Weinen an. Es folgen viele Bilder von Fahrten, die sie im Land unternommen haben.

Plötzlich regt sich Neugierde in Tina. Sie hält Fotos von Medellin in ihren Händen. Es sind Bilder von den ehemaligen Kollegen ihres Vaters und von dem Mann, der auf dem Foto abgebildet ist, welches in den Briefumschlag war. Dann folgen Bilder von ihr selbst mit einem Jungen und zum Schluss genau das Foto, welches in dem Umschlag war.

Sie hält inne und starrt die Fotos an. Was soll das nur, denkt sie? Medellin, was ist dort passiert. Aber es muss einen Zusammenhang geben. Das Foto in dem Umschlag, die drei Toten. Woran sie auch immer gestorben sind.

Obwohl Tina ziemlich genau weiß, dass sie von diesen Menschen, wer sie auch immer sein mögen, umgebracht wurden. Und dann die Fotos ihrer Eltern, auf dem genau diese Personen alle drauf sind. Sie sinkt auf der Couch zurück und versucht, einen Sinn zu erkennen. Auf den ersten Blick passen nur der Ort und die Personen zusammen. Irgendetwas verbindet alle diese Menschen. Es muss zu dem damaligen Zeitpunkt irgendetwas geschehen sein. Aber was? Wie soll sie das herausfinden? Ihr ging schon durch den Kopf, Fritz nach den Verstorbenen zu fragen. Aber nach reiflicher Überlegung hat sie diesen Gedanken wieder fallen lassen. Was soll er ihr auch darüber noch sagen können? Die Zeitungsausschnitte sagen alles. Für einen Außenstehenden sieht alles wie Selbstmord aus. Aber Tina weiß, dass es nicht so gewesen sein kann. Niemand wird ihr glauben.

Sie geht ins Schlafzimmer, betritt ihren begehbaren Kleiderschrank und zieht sich an.

14

Heute beschließt Tina, nicht ins Büro zu gehen. Sie bleibt zu Hause und versucht nachzudenken.

Nach einem sehr späten und ausgiebigen Frühstück breitet sie alle Bilder und auch den Inhalt der Briefe vor sich auf dem Fußboden aus. Sie fühlt sich gestärkt und kann mittlerweile auch den Anblick der Traueranzeigen ertragen, ohne gleich loszuheulen.

Ihr Vater ist im Januar 2002 verstorben. Eine kurze schwere Krankheit hat er nicht überlebt. Tina denkt darüber nach, was wäre, wenn er jetzt noch leben würde. Wahrscheinlich hätte er das gleiche Schicksal erlebt wie seine damaligen Kollegen. Aber er lebt nicht mehr und kann nicht mehr gefragt werden. Irgendwie hat Tina das Gefühl, jetzt an seine Stelle gerückt zu sein. Die Briefe und diese anonyme Kontaktaufnahme bestärken sie nur darin.

Offensichtlich denken diese Menschen, wer immer sie auch sind, dass sie, Tina, ihnen etwas geben kann. Aber was? Bei dem Gedanken daran könnte Tina verzweifeln. Sie muss es herausfinden. Sie muss ihnen irgendwie zuvorkommen. Nur ist sie sich nicht im Klaren, wie sie es anstellen soll, denn Tina weiß nicht, was diese Menschen als Nächstes vorhaben.

Auf alle Fälle muss sie versuchen, herauszufinden, was damals in Medellin passiert ist und wie es ihren Vater und die drei anderen Männer miteinander verbindet. Offensichtlich spielt der Kolumbianer auf dem Bild auch eine Rolle dabei. Sonst hätte sie das Bild nicht in dem Umschlag erhalten. Also ergibt es Sinn, dort anzusetzen, denkt Tina. Sie nimmt sich das Foto aus dem Schuhkarton in die Hand und dreht es um. Wie erwartet, hat ihr Vater alles akribisch aufgeschrieben. Ort, Datum und die Namen der abgebildeten Personen. Anhand dessen kann sie sehen, dass es sich bei dem Mann um Juan Rodriguez handelt mit seinem Sohn Phelippe. Stimmt, Tina erinnert sich. Sie waren damals bei der Familie Rodriguez eingeladen und sie hat mit Phelippe gespielt. Er war ein netter Junge. Es war eine schöne Zeit und ihre Eltern haben sich mit den Eltern von Phelippe sehr gut verstanden. Sie kann sich beim besten Willen nicht erklären, dass dort irgendetwas Schlimmes passiert sein könnte, was heute von so großer Bedeutung sein soll. Aber irgendetwas muss es geben, sonst ergibt das alles ja keinen Sinn.

Sie lässt sich rückwärts auf die Couch sinken und grübelt. So kommt sie nicht weiter. Die ehemaligen Kollegen ihres Vaters kann sie nicht mehr fragen. Ihren Vater und ihre Mutter schon lange nicht mehr. Wie soll sie Antworten auf ihre Fragen bekommen? Sie weiß es nicht.

15 Kolumbien, 1977

Harald, Irma und Tina sitzen wie jeden Morgen im Zimmer an dem Esstisch und frühstücken. Tina albert umher und ihr Vater sagt ihr, dass sie den Quatsch lassen. Irma hält ihr vor, dass man nicht mit essen spielt. Tina findet das alles so lustig, dass sie einen gehörigen Lachkrampf bekommt und letzten Endes müssen alle am Tisch lachen. Eine glückliche Familie. Nach dem Frühstück geht Irma mit ihrer Tochter in die Botschaft. Die Botschaft liegt von der Wohnung aus nur auf der anderen Straßenseite. Harald fährt mit dem alten Wartburg 311 in die Werkstatt.

Der Verkehr ist wie immer um diese Zeit in Bogota sehr zähflüssig. Die Staus nehmen einfach kein Ende. So hat Harald unterwegs genug Zeit zum Grübeln. Er muss unweigerlich an Pawlowski aus Berlin denken. Bei dem Gedanken läuft ihm ein kalter Schauer über den Rücken, obwohl die Temperaturen alles andere als kalt sind. Trotz der frühen Morgenstunde herrscht bereits eine Temperatur von fast 28 Grad. Aber die Außentemperatur hat keinen Einfluss auf seine innere eisige Kälte. Niemand weiß, was tatsächlich in der Werkstatt vor sich geht. Nur er und Pawlowski.

Es fing kurz nach Beginn seiner Tätigkeit dort ganz harmlos an. Ein paar Besuche einflussreicher Geschäftsleute einerseits und die Hintergrundmänner der Guerillakämpfer andererseits haben schnell eine gute Plattform für Pawlowski geschaffen. Er hat sehr schnell seine Chance gewittert und aus beiden Seiten seinen Nutzen gezogen.

Es ist widerlich, denkt Harald, was sein Staat alles für Devisen macht. Alles und jeder ist käuflich und er steckt mittendrin. Manchmal fragt er sich, wie das überhaupt passieren konnte. Er ist in seinem Leben bisher immer sehr vorsichtig gewesen und hat sich lieber nur auf sich selbst verlassen. Wie konnte er nur so blauäugig sein und sich auf diese Art von Geschäften einlassen. Aber nun ist es zu spät.

Er denkt oft über die Konsequenzen nach, wenn er alles auffliegen lassen würde. Aber das kann er seiner Familie zuliebe nicht tun. Er hängt an Frau und Kind und möchte nach all den Jahren auch wieder nach Hause, nach Wismar. Er muss jetzt nur sehr vorsichtig sein, damit niemand davon Wind bekommt und er sauber aus der Sache rauskommt. Mehr kann er im Moment nicht tun.

16

Tina sitzt in ihrem kleinen Büro in der Breiten Straße und kümmert sich um ihre Aufträge. In den letzten Tagen war sie immer sehr unruhig und beobachtete ihre Umgebung ganz genau.

Heute Morgen auf dem Weg zur Arbeit fiel ihr ein Auto auf, dass ihr von ihrem Haus im Holunderweg bis in die Stadt in die Breite Straße gefolgt ist. Sie fühlte sich beobachtet. Sie schaut aus dem Bürofenster auf die Straße hinaus und sieht den Wagen in einiger Entfernung parken.

Komisch denkt sie. Sie muss wieder an das Foto denken. Plötzlich bekommt sie Wut. Auf all das, was diese Menschen den Kollegen ihres Vaters angetan haben. Wut darüber, dass sie, warum auch immer, so einen Einfluss auf ihr jetziges Leben ausüben. So kann es nicht weiter gehen, denkt Tina. Sie will nicht dastehen und zusehen, was passiert. Sie muss es selber in die Hand nehmen und dieser Situation ein Ende bereiten. Sie geht zielstrebig zu ihrem Schreibtisch und setzt sich an den Computer. In der letzten Zeit hatte sie genug Gelegenheit, um über alles nachzudenken. Jetzt ist die Zeit gekommen, denkt sie.

In ihrer Favoritenliste auf dem PC ist das Portal von Opodo gespeichert. Sie ruft den Link auf und gibt einen Flug von Hamburg nach Bogota in dem Suchfeld ein. Nach ein paar Sekunden erscheinen die ersten Ergebnisse. Der preiswerteste Flug ist für

617 Euro Hin- und Rückflug. Na ja, denkt Tina, das geht ja noch. Insgeheim hatte sie mit mehr gerechnet. Aber von dort müsste sie dann ja noch nach Medellin kommen. Auch diesen Flug könnte sie über Opodo buchen. Für 178 Euro wäre sie dann in Medellin. Bisher hatte sie sich noch davor gescheut, nach Flügen zu schauen. Aber seit heute Morgen hat sich der Entschluss nach reiflicher Überlegung in ihr festgesetzt. Es erscheint ihr im Moment die einzige Lösung zu sein, nach Medellin zu fliegen und die Familie Rodriguez ausfindig zu machen. Nur sie kann ihr helfen. Sie müssen wissen, was damals passiert ist. Auf den Bildern ihrer Eltern hat sie die damalige Anschrift der Familie gefunden. Dafür ist sie ihrem Vater noch heute dankbar, dass er immer so genau und gewissenhaft war. Ob die Anschrift noch stimmt, ist die nächste Frage, aber da könnte sie zur Not noch Nachbarn befragen, ob die wissen, wo sie jetzt wohnen. Aber nun sitzt sie in ihrem Büro vor dem Computer und es trennen sie nur ein paar Mausklicks davon, tatsächlich nach Kolumbien zu fliegen. Sie starrt auf die Flüge bei Opodo und sieht in Gedanken die Kollegen ihres Vaters vor sich. Jetzt erst recht denkt sie. Sie muss herausbekommen, warum sie sterben mussten. Wenn ihr Vater noch leben würde, dann wäre das wahrscheinlich auch sein Schicksal gewesen. Außerdem möchte sie selber auch nicht mehr in Gefahr sein. Daher muss sie wissen, worum es geht

und ob sie etwas tun kann, was diese Menschen bremsen kann, um noch mehr Unheil anzurichten.

Fest überzeugt davon, alles richtig zu machen, klickt Tina die Flüge an und bucht. Ein paar Minuten später ist alles geschehen. Übermorgen geht es von Hamburg nach Madrid und von dort direkt nach Bogota. Am nächsten Tag fliegt Tina dann weiter nach Medellin. Sie muss sich nur noch ein Hotel in Bogota für diese eine Nacht suchen und dann die Übernachtung in Medellin. Den Rückflug hat sie für zwei Wochen später gebucht. Die Zeit muss ihr reichen.

17

Bis zum Abflug übermorgen ist noch einiges zu erledigen. Die laufenden Arbeiten im Büro sind noch abzuarbeiten. Die nicht so dringenden Aufträge kann Tina um zwei Wochen nach hinten schieben. Im Büro ist somit alles geregelt. Auf dem Anrufbeantworter hinterlässt sie diesmal keine Abwesenheitsnachricht. Auch nicht in ihrem Mail-Postfach. Die Mails kann sie zwischendurch abrufen und beantworten.

Niemand soll wissen, dass sie für gewisse Zeit nicht anwesend ist. Die Tier-Nanny ruft sie noch an, damit Puschel für die zwei Wochen versorgt wird. Sie kommt täglich, sodass auch der Briefkasten regelmäßig geleert wird und von außen auch ihre Abwesenheit nicht gleich erkennbar ist. Somit ist alles organisiert und ihrer Reise steht nichts mehr im Wege.

Tina holt den mittelgroßen Koffer vom Boden und überlegt, welche Sachen sie mitnehmen soll. Es ist April. Zu dieser Zeit herrscht in Bogota angenehmes Sommerwetter, so um die zwanzig bis zweiundzwanzig Grad. In Medellin ist das Wetter ähnlich. Also genügt es, leichte Sommerbekleidung einzupacken. Ihren Sommermantel für kühle Abende und außer zwei Kleidern noch ein paar Sweatshirts und zwei leichte Sommerhosen. Angesichts dieser Zusammenstellung ihrer Sachen entschließt sie sich, doch nur den kleinen Koffer zu nehmen, und bringt den größeren wieder auf den Dachboden. Sie packt alles ein und ist mit sich zufrieden.

Puschel versucht immer beim Packen, in den Koffer zu springen.

„Du musst hierbleiben Murkelchen", sagt Tina und drückt Puschel fest an sich. Während sich Puschel dabei an ihren Brustkorb schmiegt und laut schnurrt, überkommt Tina ein wehmütiges Gefühl. Es machen sich Zweifel in ihr breit. Ist das alles richtig, was sie tut? Sie weiß nicht, was sie erwartet. Findet sie die Familie Rodriguez überhaupt? Und wenn ja, was soll sie fragen? Wie kann sie ihnen begreiflich machen, warum sie gerade jetzt nach Kolumbien gereist ist und woher ihr Interesse an den damaligen Geschehnissen kommt? All diese Fragen beschäftigten sie plötzlich.

Komisch, denkt Tina. Vor ungefähr einem Dreivierteljahr hat sie angefangen, einen Spanischkurs zu machen, um ihre Sprachkenntnisse zu festigen. Nun braucht sie diese tatsächlich. War das Eingebung? Spanisch hat ihr schon immer gefallen. Das Interesse dafür wurde schon in ihrer Kindheit durch den Aufenthalt in Kolumbien geweckt. Mehrere Reisen auf die Kanarischen Inseln haben sie nun dazu veranlasst, sich doch wieder mit dieser Sprache zu beschäftigen. Dass sie nun davon Gebrauch machen kann, kommt ihr jetzt natürlich zugute.

Sie knuddelt Puschel noch ein bisschen und hält, trotz aller aufkommenden Zweifel, doch an dem Entschluss fest, nach Bogota zu fliegen. Allerdings ist sie sich nicht sicher, ob es wirklich gut ist, niemandem von ihrem Vorhaben zu erzählen. Fritz kann sie es nicht sagen. Er würde sie definitiv davon abhalten. Und wenn er sie einsperren müsste. In diesem Zusammenhang fällt ihr nur Hermann ein. Er kennt ihre Beweggründe und weiß, wie wichtig ihr die Wahrheit ist. Kurz entschlossen greift sie zum Telefon, nimmt seine Visitenkarte und ruft ihn an.

„Guten Tag, Hermann Krause", meldet er sich.

„Hi, hier ist Tina."

„Hallo, schön deine Stimme zu hören. Ist alles in Ordnung?", fragt Hermann.

„Ja. Mir geht es gut. Kannst du es einrichten, dass wir uns morgen Mittag mal treffen?", fragt Tina.

„Ja. Sehr gerne", antwortet Hermann.

Tina überlegt kurz, wo sie sich am besten treffen können. Dann schlägt sie ihm vor: „Wir können uns ja um zwölf Uhr in der Schwedenwache am Marktplatz treffen. Ich lade dich zum Essen ein", sagt sie und lacht dabei.

Hermann ist über diese plötzliche Einladung etwas überrascht, willigt aber gerne ein.

„Schön. Dann sehen wir uns morgen", sagt Tina und legt auf. Sie freut sich auf das Essen. Schließlich muss sie dann für zwei Wochen auf die heimischen kulinarischen Genüsse verzichten. Sie legt den Koffer auf die kleine Anrichte im Schlafzimmer und Puschel setzt sich gleich laut schnurrend oben drauf. Morgen nur noch die Waschtasche rein und dann kann es losgehen.

Tina schläft mit dem guten Gefühl ein, etwas Richtiges zu tun. Sie übernimmt in dieser Angelegenheit die Initiative und das beruhigt sie. Am nächsten Morgen schläft sie nochmal richtig aus. Sie hat fest durchgeschlafen und fühlt sich gut. Bevor sie kurz nach elf Uhr das Haus verlässt, schaut sie nochmal hinaus auf die Straße und sieht wieder dieses Fahrzeug. Es ist ein dunkelgrauer Mercedes mit Münchener Kennzeichen. Hier im Wohngebiet kennt man alle Fahrzeuge, die hierher gehören. Der gehört nicht hierher, das ist genau. Schon in den letzten Wochen tauchte dieses Fahrzeug mehrfach dort auf, wo Tina auch war.

Egal, denkt sie. Sollen sie doch schauen, morgen ist sie erstmal weg. Wahrscheinlich fühlt sie sich dann sicherer.

Das Wetter ist gut, über ihre Bluse zieht sie nur eine kurze leichte Jacke und verlässt das Haus. Sie geht zu Fuß in die Stadt. Es ist noch genügend Zeit und sie schlendert in die Altstadt. Lange Zeit hat sie nichts Auffälliges mehr im Briefkasten gehabt. Keine Briefe oder sonst dergleichen. Niemand hat in irgendeiner Form versucht, mit ihr Kontakt aufzunehmen. Trotzdem weiß sie, dass die Angelegenheit noch nicht aus der Welt ist. Das Fahrzeug ist der Beweis dafür.

Sie wird das Gefühl nicht los, dass sich die Situation in absehbarer Zeit zuspitzt. Zu viel Zeit ist es seit dem letzten Brief schon vergangen und das die Leute, wer immer sie sind, keinen Spaß verstehen, haben sie ihr mit den Hinweisen deutlich gemacht. Aber warum passiert jetzt nichts? Sie versteht es nicht. Gerade deshalb ist es richtig, morgen zu fliegen.

Ab und zu schaut sie sich um, aber sie kann niemanden sehen, der ihr folgt. Sie ist etwas früher als vereinbart an der Schwedenwache. Hermann ist noch nicht da. Aufgrund des guten Wetters beschließt sie, einen Tisch im Freien zu nehmen. Sie sucht sich einen Platz in der Sonne mit Blick auf den Marktplatz aus.

Der Kellner kommt und sie lässt sich erstmal zwei Karten bringen. Das Gesicht in der Sonne und mit geschlossenen Augen wartet Tina auf Hermann.

„Hallo", hört sie ihn sagen. Sie öffnet blinzelnd die Augen und begrüßt ihn.

„Nimm Platz", bittet sie ihn. „Ist es für dich in Ordnung, dass wir draußen sitzen? Das Wetter ist so schön", fragt Tina.

„Ja natürlich", antwortet er.

Beide schauen in die Speisekarte und suchen sich ein Gericht aus. Der Kellner kommt und nimmt ihre Wünsche entgegen. Da Tina die nächsten zwei Wochen auf solches Essen verzichten muss, bestellt sie sich ein Hamburger Schnitzel und dazu ein Glas Chardonnay. Hermann bestellt sich Scholle mit Bratkartoffeln und ein Radler.

Nachdem der Kellner gegangen ist, fragt Hermann: „Was hast du auf dem Herzen? Wir sitzen doch bestimmt nicht hier, weil ich so ein netter Mensch bin."

Tina muss lachen.

„Nein. Natürlich nicht."

Sie schaut ihn an und überlegt, wie weit sie ihm vertrauen kann. Eigentlich ist er ihr ja doch völlig fremd. Sie erinnert sich an den netten Abend beim Asiaten vor einiger Zeit. Dort haben sie völlig ungezwungen und nett miteinander geplaudert. Außerdem wollte sie bisher immer die Treffen mit ihm. Er hat sich ihr nie aufgedrängelt. Sie prosten sich zu und lächeln sich an. Alles Quatsch denkt

Tina. Er ist Journalist. Ist ein netter Mensch und hat eben diesen blöden Anruf erhalten.

„Du kannst besser als jeder andere verstehen, dass ich wissen möchte, was es mit dem vermeintlichen Diebstahl auf sich hat", beginnt sie das Gespräch. „Ich komme hier mit den Informationen, die ich habe, nicht weiter. Deshalb habe ich mir überlegt, dass ich nach Kolumbien fliegen werde und versuche, dort herauszubekommen, was es damit auf sich hat."

Nachdem sie das gesagt hat, macht sie eine kleine Pause. Hermann runzelt die Stirn.

„Der Flieger geht morgen früh. Übermorgen bin ich dann in Bogota."

Er schaut auf und fragt: „Warum so übereilt? Ist etwas passiert?"

„Nein", antwortet Tina. „Ich habe lange darüber nachgedacht. Diese Entscheidung habe ich mir nicht leichtgemacht. Aber es gibt für mich keinen anderen Weg. Ich muss herausfinden, warum Menschen sterben mussten und was diese Leute von mir wollen."

Während sie das sagt, schweift ihr Blick über den Marktplatz. Sie konnte es kaum glauben, aber es war für sie, wie auch immer, schon ein gewohnter Anblick. Auf der anderen Seite des Marktplatzes, in Höhe des Restaurants Alter Schwede, bemerkte sie wieder den dunkelgrauen Mercedes.

Der Kellner kam mit dem Essen und wünschte Ihnen guten Appetit. In diesem Moment bereute sie, nicht drinnen zu sitzen. Gegenüber Hermann ließ sie sich nichts anmerken und beide aßen schweigend.

Nachdem der Kellner die Teller abgeräumt hatte, fragte er: „Wer weiß, dass du nach Kolumbien fliegst?"

„Niemand, außer dir jetzt", antwortete Tina wahrheitsgemäß. „Ich dachte, es wäre besser, wenn jemand weiß, was ich vorhabe. Denn ich weiß nicht, was mich dort erwartet. Du hast mir doch damals deine Hilfe angeboten. Für den Fall der Fälle weist du dann, wo ich zu finden bin."

„Du bist verrückt", sagt Hermann. „Das kannst du doch nicht machen. Du kennst diese Leute nicht. Du weißt nicht, wozu sie fähig sind und worauf du dich unter Umständen einlässt."

„Ich weiß, dass du nicht ganz Unrecht hast. Aber sie lassen mir keine andere Wahl. Sie werden keine Ruhe geben, bis sie haben, was sie wollen. Wenn ich herausfinden will, was damals passiert ist und was meinem Vater vorgeworfen wird, dann muss ich morgen fliegen."

Sie schwieg kurz und fügte hinzu: „Und ich werde morgen fliegen."

Damit hatte sie alles gesagt, was gesagt werden musste. Ihr Blick wanderte wieder auf die andere Seite des Marktplatzes. Der dunkelgraue Mercedes stand unverändert an seinem Platz. Trotz des schönen Wetters fröstelte sie ein wenig.

Hermann fiel das auf und er fragte: „Ist dir nicht gut?"

„Doch. Es lag bestimmt nur am kühlen Wein", antwortete sie.

„Hast du dich wenigstens bei Freunden und Bekannten abgemeldet, damit die Bescheid wissen?", fragte Hermann.

Tina dachte an Fritz Werner. Wenn sie es ihm erzählt hätte, würde er alles Menschenmögliche unternehmen, um sie daran zu hindern. Das konnte sie auf keinen Fall tun. Ansonsten fiel ihr niemand ein. In diesem Moment merkte sie erstmal, wie einsam sie eigentlich war.

„Ich werde mich noch mit meiner Rechtsanwältin in Verbindung setzen und ihr Bescheid sagen", antwortete sie auf die Frage von Hermann. Das schien ihn etwas zu beruhigen.

Irgendwie war Tina nicht mehr nach Smalltalk. Sie verabschiedete sich von Hermann und versprach ihm, sich zwischenzeitlich mal zu melden. Er wünschte ihr einen guten Flug und sie solle auf sich aufpassen. Damit war das Mittagessen beendet und Tina ging nachdenklich wieder nach Hause.

Ihr war bewusst, dass ihr Vorhaben auf sehr wackligen Füßen stand. Aber andererseits dachte sie, was soll passieren. Im schlimmsten Fall kriegt sie nichts raus und kommt mit leeren Händen und ohne Informationen wieder nach Hause. Also, was soll`s. Außerdem kann sie so für kurze Zeit mal ihre Beobachter aus dem dunkelgrauen Mercedes loswerden.

Mit diesen Gedanken ging sie nach Hause. Vor der Haustür zögerte sie kurz und sah dann doch in den Briefkasten. Er war leer. Sichtlich erleichtert schloss sie die Tür auf und verschwand im Haus. Puschel freute sich sehr. Es war noch früher Nachmittag.

Sie legte sich ein bisschen schlafen, schließlich wollte sie gegen ein Uhr nachts nach Hamburg zum Flughafen fahren, damit sie rechtzeitig beim Check-in sein konnte. Sie stellte sich den Wecker vorsichtshalber auf zwanzig Uhr. Dann konnte sie noch den Rest in Ruhe zusammenpacken.

18

Kurz bevor der Wecker klingelte, wurde Tina durch ihr Handy aus ihrem leichten Schlaf gerissen. Sie hatte eine SMS erhalten. Träge kam sie von der Couch hoch und musste sich erstmal strecken. Sie schaltete den Wecker aus und nahm sich ihr Handy. Müde gähnend klickte sie den Briefumschlag auf dem Display an, der ihr signalisierte, dass sie eine Nachricht erhalten hatte. Die Nummer, die jetzt angezeigt wurde, kannte sie nicht.

Nichtsahnend tippte sie die Nachricht an und las: *Die Fahrt kannst du dir sparen. Es wird dir noch leidtun.*

Urplötzlich war Tina hellwach. Es war draußen noch taghell, trotzdem zog sie alle Jalousien zu. Wie konnte es sein? Außer Hermann hatte sie niemandem etwas von der Fahrt erzählt. Aber wem soll er es gesagt haben. Oder wurde ihr Computer gehackt? Diese Möglichkeit schloss sie aber aus. Der PC ist doch ausreichend geschützt. Das Programm hätte ihr mit Sicherheit einen Warnhinweis gegeben. Niemand kann wissen, dass sie morgen fliegen will. Wie soll sie das verstehen. Als Drohung? Tina ist am Boden zerstört. Wieder fragt sie sich, ob es richtig ist, was sie vorhat. Nein, denkt sie. Jetzt gibt es kein Zurück mehr. Sie will und muss versuchen, das Geschehene von damals herauszufinden. Ihr Vater wird beschuldigt, ein Dieb zu sein, Menschen, die ihm nahestanden, wurden vermutlich ermordet und sie selbst, Tina, wird aus genau dem Grund, den sie nicht kennt, ebenfalls bedroht. Sie fliegt, egal was passiert. Sie versucht, die Nachricht zu verdrängen, und kümmert sich um die Papiere, die sie noch einstecken muss. Geld holt sie sich in Bogota auf dem Flugplatz. Ansonsten steckt sie sich 200 Euro für unterwegs ein. Der Pass ist wichtig. Weiterhin prüft sie in ihrem Handy, ob alle wichtigen Telefonnummern eingespeichert sind. Am allerwichtigsten ist die Nummer ihrer Rechtsanwältin, die von Fritz Werner und die von ihrer Versicherung. Man weiß ja nie. Die Visitenkarte von Hermann Krause steckt sie sich auch in die Tasche, schließlich wollte sie ihn zwischenzeitlich kontaktieren. Sie nimmt das Kabel des kleinen Laptops aus der Steckdose und steckt alles in ihre Handtasche. Die ausgedruckten Papiere für die Flüge steckt sie ebenfalls ein. Eigentlich müsste sie an alles gedacht haben.

Das Bild, das in dem Briefumschlag war, lässt sie auf dem Tisch liegen. Sie steckt sich das Bild ein, das ihr Vater auf der Rückseite beschriftet hatte.

Handy und Laptop sind geladen, Papiere eingesteckt und am Koffer hat sie noch den kleinen Adressanhänger angebracht. Aus Sicherheitsgründen dreht sie die Seite mit der Anschrift immer nach unten, damit niemand ihre Adresse sofort lesen kann. Um ihren Koffer bei der Abholung auf dem Laufband besser erkennen zu können, kommt zum Schluss noch ein quietschrotes Kofferband rum. Fertig.

Es ist mittlerweile schon halb eins nachts. Ihr ist ein wenig mulmig zumute. Zum einen, weil sie sich von Puschel für zwei Wochen verabschieden muss und zum anderen wegen der Ungewissheit, in die sie sich begibt. Aber sie hat sich dafür entschieden und will jetzt auch nicht mehr zurück.

Die vorhin geschlossenen Jalousien zieht sie jetzt wieder auf und löscht das Licht. Sie zieht Schuhe und Mantel an. Drückt Puschel kurz und innig und wartet, bis sich ihre Augen an die Dunkelheit gewöhnt haben. Sie hat Angst. Die Nachricht vorhin auf dem Handy hat sie doch sehr verunsichert. Nun bemüht sie sich, aus dem Fenster auf die Straße zu schauen, ob sie irgendetwas Auffälliges sehen kann. Es sieht alles ruhig draußen aus. Die parkenden Fahrzeuge kann sie jetzt in der Dunkelheit nicht mehr auseinanderhalten. Sie könnte nicht mal mehr sagen, welche Automarke und welche Farbe die Autos haben. Daher weiß sie im Moment nicht, ob der dunkelgraue Mercedes draußen steht.

Ihren Wagen hat sie vor der Tür geparkt, sodass sie, wenn sie aus der Haustür kommt, gleich am Wagen ist. Das beruhigt sie ein wenig. Trotzdem steht sie lange am dunklen Fenster und beobachtet draußen alles. Keinerlei Bewegung ist zu sehen. Sie versucht, ihre Aufregung zu unterdrücken, und nimmt ihre Handtasche und den Koffer.

Mit dem Schlüsselbund in der Hand geht sie zur Tür. Ihr wird wieder einmal bewusst, dass diese Leute alles von ihr wissen. Sie wissen, dass sie heute abreist und morgen früh fliegt. Warum lassen sie sie gewähren? Warum stoppen sie sie nicht?

Tina muss aufhören, über all diese Fragen nachzudenken. Sie muss sich jetzt auf das konzentrieren, was sie vorhat. Sie rafft ihren ganzen Mut zusammen, schließt die Haustür auf, stellt den Koffer nach draußen und schließt im Schutz der Dunkelheit die Haustür ab. Die Außenbeleuchtung hat sie ausgeschaltet gelassen. Mit schnellen Schritten geht sie zum Wagen, verstaut den Koffer im Kofferraum und steigt, ohne nach rechts und links zu schauen, in den Wagen. Sobald sie die Wagentür hinter sich verschlossen hat, verriegelt sie alle Türen. Jetzt erst fällt ein wenig Druck von ihr ab. Sekundenlang sitzt sie im Wagen und beobachtet, ob draußen irgendeine Bewegung zu sehen ist. Nichts. Man könnte meinen, außer ihr ist hier im Moment niemand.

Sie startet erleichtert den Motor und fährt aus Wismar in Richtung Hamburg. Während der Fahrt versucht sie, alle schlechten Gedanken zu verbannen. Sie muss sich auf das Fahren konzentrieren. Kurz hinter Wismar, auf der Autobahn, schaut sie öfter in den Rückspiegel, ob ihr jemand folgt.

Leider kann sie das in dieser Situation überhaupt nicht beurteilen, da selbst zu dieser Nachtzeit ziemlich viel Verkehr auf der Autobahn herrscht. Und wenn es so ist, dann kann sie es auch nicht ändern. Das Angstgefühl bleibt so oder so.

Die Autobahn verlässt sie wie immer in Reinfeld und fährt von dort die B 75 nach Hamburg. Komisch denkt Tina. Sonst ist sie auf der Fahrt zum Flughafen immer total entspannt, weil es in den Urlaub geht. Heute ist es anders. Das wird kein Urlaub. Sie lässt Reinfeld hinter sich und fährt auf der Bundesstraße 75 weiter nach Hamburg. Ängstlich wandert ihr Blick in den Rückspiegel. In einiger Entfernung sieht sie die Scheinwerfer eines Fahrzeugs. Sie verringert die Geschwindigkeit und wartet ab, was passiert. Die Lichter kommen dichter und der Wagen überholt sie.

Puh, denkt sie. Vielleicht ist sie nur zu nervös. Sie muss noch ungefähr 45 Minuten fahren. Dann ist sie in Hamburg und kann in der Masse am Flughafen hoffentlich untertauchen. Ihr Blick wandert automatisch wieder in den Rückspiegel. So viel Verkehr ist um diese Zeit hier nicht, aber sie hat wieder ein Fahrzeug hinter sich. Tina tritt aufs Gas und beschleunigt. Nach kurzer Zeit sind die Lichter wieder hinter ihr. Sie hält eine gewisse Zeit die Geschwindigkeit und verlangsamt dann das Tempo. Das Fahrzeug hinter ihr bleibt auf Entfernung.

Scheiße, denkt sie, das kann doch nicht wahr sein. Sie hat Angst. Einfach nur Angst. Das Ganze kann sie nicht verstehen.

Die ehemaligen Kollegen ihres Vaters wurden wahrscheinlich umgebracht. Nach dem Bild zu urteilen, was sie im Umschlag in den Briefkasten gesteckt haben, muss ihr Vater wohl der Schlüssel zu allem gewesen sein. Sie weiß natürlich auch nicht, was die Anderen vor ihrem Tod eventuell noch gesagt haben, was vielleicht ihren Vater belastet hat. Unter Umständen haben sie auch gelogen, da ihr Vater ja schon 2002 verstorben ist und somit nichts mehr sagen konnte. Vielleicht haben sie dadurch Tina gefährdet. Vielleicht ist alles nur ein Irrtum und eine Lüge. Tina weiß es nicht. Ihre Mutmaßungen helfen ihr im Moment nicht weiter.

Sie beobachtet weiterhin das Fahrzeug hinter sich und kommt zu dem Schluss, dass sie tatsächlich verfolgt wird. In unregelmäßigen Abständen verändert sie die Geschwindigkeit ihres Fahrzeuges. Das nachfolgende Fahrzeug tut es dann ebenso. Eine andere Bestätigung braucht Tina nicht. Sie ist sich jetzt sicher.

Noch ungefähr zehn Minuten, dann hat sie Hamburg erreicht. Im Stadtverkehr kann sie dann sowieso kein Fahrzeug mehr ausmachen, welches sie unter Umständen verfolgt.

Sie kann nur hoffen, dass sie in dem Verkehr dort ihren Verfolgern entwischt und sie ihr Fahrzeug im Verkehr verlieren. Auf alle Fälle wird sie im Flughafen nicht den Außenparkplatz nehmen. Sie stellt sich auf ein möglichst gut beleuchtetes Parkdeck.

Am Flugplatz steuert sie auf den Parkplatz P 4 zu. Der ist gegenüber dem Eingang vom Flughafengebäude und sie muss dann nicht so weit laufen. Je eher sie unter Menschen ist umso besser, denkt Tina.

19

Zielstrebig geht sie auf den Eingang des Terminal 2 zu und verschwindet hinter der Drehtür.

Sie atmet erleichtert auf. In dem Gewimmel der vielen Menschen fühlt sie sich sicherer. Mit der Rolltreppe fährt sie hoch, wo sich die Check-in Schalter befinden. Schnell hat sie ihren Schalter gefunden und reiht sich in die Warteschlange ein.

Ihr Herz klopft. Noch kann sie die ganze Fahrt stoppen.

Nein, denkt Tina, ich muss fliegen. Jetzt erst recht.

Als sie an der Reihe ist, reicht sie ihren Pass rüber, der Koffer verschwindet auf dem Fließband und sie hält ihre Bordkarten in der Hand.

Jetzt gibt es kein Zurück mehr. Sie atmet tief durch und schaut auf die Uhr. Viel zu früh, denkt sie. Es sind noch über zwei Stunden Zeit bis zum Boarding.

Grübelnd geht sie zur Sicherheitskontrolle und ist rasch im Sicherheitsbereich. Sie kauft sich ein dickes Rätselheft und setzt sich mit einem Kaffee in eine ruhige Ecke. Das Rätselheft verstaut sie in ihrer Handtasche und überlegt.

Sie ist sich nicht sicher, ob sie Fritz nicht doch noch in ihre Pläne einweihen sollte. Für den hoffentlich unwahrscheinlichen Fall, dass ihr doch etwas zustößt oder sie in Schwierigkeiten gerät, hat sie niemanden, der weiß, wo sie ist. Inwieweit Hermann der Richtige dafür ist, weiß Tina nicht. Sie fasst einen Entschluss.

Den leeren Kaffeebecher schmeißt sie in den Müll und geht zielstrebig nochmal zu dem Zeitschriftengeschäft. Dort kauft sie sich einen kleinen Schreibblock, eine Packung Briefumschläge und Briefmarken. Damit ausgerüstet, setzt sie sich an einen Tisch, bestellt ein Kännchen Tee und schreibt einen ausführlichen Brief an Fritz.

Eine Mail kann sie ihm nicht schicken. Die würde er noch vor ihrem Abflug erhalten und sie Kraft seines Amtes am Abflug hindern. Das weiß Tina genau. Der Brief kommt erst an, wenn sie schon in Kolumbien ist. Dann kann er toben, wie er will.

Sie schreibt ihm genau ihren derzeitigen Kenntnisstand auf und auch alles das, was sie in Kolumbien vorhat. Auch die Warnung, die per SMS gekommen ist, teilt sie ihm mit. Und dass sie wahrscheinlich auf der Fahrt nach Hamburg einen Verfolger hatte, verschweigt sie ihm auch nicht. Irgendwie hat sie das Bedürfnis, ihm alles mitzuteilen.

Nachdem sie diesen Brief geschrieben hat, fühlt sie sich wohler.

Sie steckt ihn in den Briefkasten und weiß, dass er ihn spätestens in zwei Tagen erhalten wird.

Erleichtert atmet sie auf und kann sich auf die restliche Wartezeit konzentrieren. Sie schaut sich vorsichtig um, kann aber kein Gesicht erkennen, was ihr in irgendeiner Weise bekannt vorkommt. Trotzdem fühlt sie sich beobachtet. Ihr Boarding wird ausgerufen und sie begibt sich zu Gate 16. Je mehr Menschen sie umgeben, desto sicherer fühlt sie sich. Sie zeigt ihre Bordkarte vor und den Pass und kann durch die Gangway zum Flugzeug gehen. Sie nimmt ihren Platz ein und versucht, die innere Anspannung loszuwerden. Sie hat bewusst einen Gangplatz gewählt. Während des Fluges muss sie dann keine Mitreisenden stören, wenn sie zur Toilette geht oder einfach nur ein bisschen Bewegung haben möchte. Und wie sie sich kennt, muss sie öfter raus.

Pünktlich hebt die Maschine ab und fliegt nach Madrid. Tina versucht, ein bisschen zu schlafen, aber bis auf etwas dösen wird es nichts.

In Madrid verlässt sie die Maschine. Die eine Stunde Aufenthalt genügt gerade, um von einem Gate zum anderen zu kommen. Etwas müde steigt sie in das andere Flugzeug ein und versucht, bis Bogota zu schlafen.

20

Kurz vor der Landung in Bogota kämpft Tina mit den Tränen. Vor über vierzig Jahren ist sie mit ihren Eltern hierher geflogen. Sie war ein Kind, unbekümmert und frei von allem Schlechten dieser Welt.

Und heute? Jetzt ist sie Erwachsen, fliegt in dieses Land, um Menschen zu suchen, die ihr helfen sollen, die Vergangenheit zu verstehen.

Eine normale Urlaubsreise wäre ihr lieber gewesen. Sie schluckt die aufkommenden Tränen tapfer runter und versucht, sich auf das zu konzentrieren, weshalb sie hier ist.

Die Maschine setzt sanft auf und es überkommt sie ein merkwürdiges Gefühl.

Sie muss an ihre Eltern denken. Mit aller Macht versucht sie, die Vergangenheit so weit wie möglich, zu verdrängen. Sie geht zum Gepäcklaufband, wartet auf ihren Koffer und geht zum Ausgang.

Dort atmet sie tief die heiße tropische Luft ein und lässt sich mit dem Taxi zum Hotel bringen. Sie freut sich, dass der Taxifahrer ihr Spanisch versteht. Also war die Mühe des Lernens nicht vergebens. Im Hotel angekommen, checkt sie ein und geht zielstrebig auf ihr Zimmer. Sie schließt sich ein, legt die Sicherheitskette vor und will das Zimmer bis zum Morgen nicht mehr verlassen.

Per Telefon bestellt sie sich ein Taxi für den nächsten Morgen zum Flughafen. In der Minibar sind ausreichend Getränke und zu essen hat sie noch beschmierte Brote von zu Hause. Die konnte sie zum Glück unbemerkt mitnehmen.

Ihre Erinnerungen an das furchtbare Brot in Kolumbien sind noch aus ihrer Kindheit erhalten geblieben. Sie macht es sich im Zimmer gemütlich, schaut auf dem Laptop nach E-Mails und surft ein bisschen im Internet. Es sind keine wichtigen Mails dabei. Also alles im grünen Bereich, denkt sie.

Aufgrund der Zeitumstellung ist sie sehr erschöpft und legt sich beizeiten ins Bett. Vorher stellt sie noch den Wecker, sie möchte auf keinen Fall den Flug nach Medellin verpassen. Zeitliche Probleme kann sie sich nicht auch noch leisten.

Das Taxi ist pünktlich und sie ist rechtzeitig am Flughafen. Den Koffer gibt sie auf, erhält ihre Bordkarte und passiert die Sicherheitskontrolle. Ungefähr eine Stunde ist noch bis zum Abflug. Erleichtert, dass alles geklappt hat, setzt sie sich und wartet auf das Boarding.

Kurze Zeit später setzt sich ein Mann neben sie. Ihre Blicke begegnen sich, aber dann hängt sie wieder ihren Gedanken nach. Plötzlich spricht er sie an und sagt: „Du musst nicht nach Medellin fliegen, es wird dir nicht weiterhelfen."

Reflexartig steht Tina auf und will weggehen. Er packt sie am Arm und drückt sie wieder auf den Stuhl. Ihr bleibt vor Schreck fast das Herz stehen. Er spricht einwandfreies, akzentfreies Deutsch. Das irritiert Tina. Sie traut sich nicht, zur Seite zu schauen, und sieht starr geradeaus. Er lockert leicht den Griff um ihren Arm, aber nur soweit, um sicherzugehen, dass sie nicht aufspringt und weggeht.

Tina bleibt starr vor Angst sitzen. Nun lässt er sie los. Er spricht leise und monoton.

„Du begibst dich unnötig in Gefahr. Jeder deiner Schritte wird genau beobachtet. Fahre zurück nach Deutschland. Hier hast du nichts verloren."

Er bleibt noch ein paar Sekunden sitzen, dann ist er genauso unauffällig verschwunden, wie er erschienen ist.

Tina sitzt wie zur Salzsäule erstarrt auf dem Stuhl, ist schockiert und hat wahnsinnige Angst. Der Schweiß tritt ihr auf die Stirn und sie fängt mit Zittern an. Am liebsten würde sie laut schreien und heulen. Spätestens jetzt ist sie sich sicher, dass sie auf Schritt und Tritt von irgendjemandem überwacht wird.

Wer ist es nur und was wollen die von mir, denkt sie. Die Angst, die sie ständig hat, wird jetzt nur noch größer. Sie muss sich zusammenreißen. Die Angst darf sie nicht völlig einnehmen, sodass sie deshalb Fehler macht, die sie später bereuen könnte oder die sie unnötig mehr den Gefahren aussetzen. Sie muss aufpassen.

Durch das Boarding für den Flug wird sie aus ihren Gedanken gerissen. Wie im Traum geht sie zum Gate und betritt das Flugzeug. Sie setzt sich erschöpft auf ihren Platz und schläft sofort ein.

In Medellin angekommen, tritt sie mit ihrem Koffer aus dem Flughafengebäude und nimmt sich ein Taxi ins Hotel. Dort bezieht sie ihr Zimmer und bittet an der Rezeption um die Bereitstellung eines Leihwagens. Dann schließt sie sich im Zimmer ein und schläft erstmal aus.

21

Sie weiß nicht, wie viele Stunden sie geschlafen hat. Auf alle Fälle fühlt sie sich, einigermaßen erholt und kann wieder klar denken.

Sie fragt an der Rezeption nach, ob der Wagen bereitsteht. „Si, Senora", wird ihr geantwortet und sie ist damit zufrieden.

Das Hotel ist nur sehr klein und die Zimmer sparsam eingerichtet. Sie wollte nicht zu viel Geld für das Hotelzimmer ausgeben.

Also sitzt sie jetzt auf der Bettkante, studiert den Stadtplan und zeichnet sich die Stelle ein, die ihrer Meinung nach die Anschrift der Familie Rodriguez sein muss. Sie sucht auf dem Stadtplan ihren Standort und schaut nach der günstigsten Route. Dann gibt sie die Adresse bei Google Maps ein, steckt den Stadtplan in ihre Handtasche und nimmt das Bild zur Hand.

Sie schaut nachdenklich darauf. Nun ist es so weit, denkt Tina. Mit ein bisschen Glück habe ich bald Gewissheit, was geschehen ist. Die ganze Aufregung ist aus ihrem Körper gewichen, dort ist jetzt mehr Angst, da sie nicht weiß, worauf sie sich wirklich eingelassen hat. Sie ist nun ganz allein auf sich gestellt.

Sie steckt das Bild in die Handtasche und geht nach unten.

An der Rezeption fragt sie nach dem Wagen und er wird ihr übergeben. Sie bedankt sich und verstaut ihre Handtasche im Wagen.

Dann begibt sie sich in den chaotischen Verkehr von Medellin und kommt an manchen Stellen ganz schön ins Schwitzen. Nach dem Stadtplan und dem Navi muss sie das Stadtzentrum einmal komplett durchqueren, um dann auf der anderen Seite der Stadt in das ruhige Wohnviertel zu fahren, in dem damals die Familie Rodriguez gewohnt hat.

Sie fährt einen Berg am Stadtrand hinauf und fragt vorsichtshalber nach der Straße. Ihr wird freundlich Auskunft erteilt und Tina fährt in die ihr beschriebene Richtung. Anhand der Straßenschilder erkennt sie, dass es nicht mehr weit ist.

Die Aufregung und das ungute Gefühl in der Magengegend machen sich deutlich bemerkbar. Die Spannung in ihr steigt. Sie sieht das Haus mit der entsprechenden Hausnummer und parkt in gebührendem Abstand davor. Sie bleibt im Wagen sitzen und beobachtet erstmal die Bewegungen im und am Haus.

Eine Frau, schwarz gekleidet, ist auf dem Hof mit Wäsche beschäftigt. Ein Mann, mittleren Alters, vielleicht so ungefähr wie Tina, ist auf dem Hof beschäftigt und spricht ab und zu mit der älteren Frau in Schwarz.

Tina hält es nicht länger im Wagen aus. Sie steigt aus, verschließt den Wagen und geht langsam auf das kleine Grundstück zu.

Als sie kurz vor dem Haus ist, werden die beiden auf sie aufmerksam. Die Frau geht ins Haus und der Mann kommt auf Tina zu. Er schaut sie sehr durchdringend an. Tina fröstelt es unter seinem Blick. Sie gehen langsam aufeinander zu und starren sich an.

Tina grüßt höflich und fragt nach der Familie Rodriguez. Er bestätigt ihr, dass sie hier wohnen. Er will von ihr wissen, was sie möchte. Tina bemüht sich, ihm mit dem ihr zur Verfügung stehenden spanischen Wortschatz, ihr Anliegen deutlich zu machen.

Während sie spricht und sich bemüht, langsam und deutlich zu sprechen, verfinstert sich sein Gesicht zusehends. Sie weiß nicht, wie sie es deuten soll, denn bisher hat er nicht geantwortet, sondern ihr nur zugehört.

Nun greift sie in ihre Handtasche und holt das Bild heraus und zeigt es ihm. Beim Anblick des Bildes wird er richtig wütend.

Sie steckt es schnell wieder ein und geht automatisch einen Schritt zurück. Er vergewissert sich mit einem Blick über die Schulter nach hinten, dass die Frau in Schwarz nicht da ist, geht auf Tina zu und spricht leise zu ihr.

„Verschwinde hier, eure Familie bringt nur Leid und Elend."

Tina ist entsetzt. Im gleichen Moment denkt sie aber, sie ist nicht bis hierhergekommen, um sich wieder wegschicken zu lassen. Sie ist ihrem Ziel so nah. Wenn er so wütend und ablehnend reagiert, dann muss er etwas wissen.

Sie startet noch einen Versuch und versucht es mit Freundlichkeit.

„Wer ist die Frau?", fragt Tina.

Er schweigt ein paar Sekunden und scheint zu überlegen, ob er ihr antworten soll.

„Das ist meine Tante. Sie trägt noch immer schwarz. Mein Onkel ist im Januar verstorben. Das ist der Mann auf deinem Foto."

Sie schaut ihn an und holt langsam und vorsichtig das Foto wieder aus ihrer Tasche. Sie reicht es ihm und er schaut es sich diesmal entspannter an. Seine Gesichtszüge glätten sich wieder. Er schaut lange schweigend auf das Foto. Dann reicht er es Tina wieder.

Sie schaut ihn fragend an.

„Ich war damals ein kleiner Junge, genau wie Phelippe, mein Cousin. Ihr wart damals zu Besuch hier und gute Freunde meines Onkels. Mit Phelippe habe ich mich noch nie verstanden. Wir hassen uns. Er ist nach dem Tod seines Vaters nach Deutschland gefahren. Wie er sagte, muss er da etwas regeln."

Sie fiel ihm ins Wort: „Phelippe ist in Deutschland?"

„Ja." Bestätigte er ihr das. Ihr wurde ganz schlecht. Gleichzeitig erschien ihr einiges klarer.

Er drehte sich wieder Richtung Haus um und vergewisserte sich, dass niemand da war.

Zu Tina gewandt sagte er: „Ich weiß, was du wissen möchtest. Ich kann es dir sagen. Aber nicht hier. Komme heute Abend 19.00 Uhr zu mir."

Er sagte ihr eine Adresse, die sie sich schnell notierte.

„Du weißt, was damals passiert ist?", fragte Tina.

Er nickte nur wortlos.

„Du kannst mir in diesem Zusammenhang auch etwas über meinen Vater sagen?"

Sie musste ihn das fragen. Er sah sie an und nickte nur. „Komm heute Abend, 19.00 Uhr", sagte er.

Daraufhin drehte er sich um und verschwand im Haus.

Sie stand wie versteinert da und konnte das eben Gehörte kaum glauben. Endlich war sie am Ziel und würde die Wahrheit erfahren. Oder zumindest etwas, was ihr vielleicht weiterhilft. Sie ging zum Wagen und fuhr wieder zum Hotel.

22

Den Rest des Tages verbrachte sie im Hotel. Ihre Gedanken fuhren Achterbahn. Die Angst, die Anspannung und das Gefühl, bald mehr zu wissen, brachten sie fast um den Verstand. Ein Buch zu lesen oder Kreuzworträtsel zu machen, war sie im Moment nicht imstande. Ihre Gedanken kreisten nur um das, was damals wohl geschehen war und warum es jetzt so viele Menschen beschäftigt.

Sie geht auf ihr Zimmer, duscht und zieht sich ihr Sommerkleid an. Noch ein leichtes Parfüm und die Lippen sanft nachgezogen, dann geht sie zum Wagen und fährt los.

Wieder musste sie durch die ganze Stadt fahren, um in das Wohnviertel zu gelangen. Diesmal fuhr sie die Straße nicht rechts, sondern links herum und konnte die von ihm angegebene Adresse schnell finden.

Sie parkte den Wagen und stieg aus. Die Aufregung, die in ihr hochkam, versuchte sie, so gut es ging zu unterdrücken.

Sie klopfte an die Tür. Kurz darauf öffnete er die Tür und ließ sie herein.

„Guten Abend", sagt er.

„Hallo", erwiderte Tina. Sie trat ein und folgte ihm.

Er führte sie durch einen kleinen Flur in das nächstgelegene Zimmer. Die Ausstattung bestand aus einem Tisch mit vier Stühlen, einer Liege, einer kleinen Kommode und einem halbhohen Schrank. Die Beleuchtung war nur spärlich, aber Tinas Augen gewöhnten sich daran. Er wohnte offensichtlich in einem Stadtteil, der nicht viel Luxus zuließ. Zu den wohlhabenden Schichten gehörte er nicht. Aber das war Tina egal. Sie hatte früh gelernt, dass Reichtum nicht immer gut ist. Weniger ist manchmal mehr. Das Einfache ist mitunter besser als jedes Geld der Welt.

Nun stand sie in diesem Zimmer, ihre Tasche über der Schulter und sah sich um. Aufgrund der spärlichen Beleuchtung zündete er noch einige Lampen an, damit mehr Licht im Zimmer ist.

„Du kannst deine Tasche dort ablegen", sagte er und deutete auf einen der Stühle.

Da Tina sich hier unbeobachtet und sicher fühlte, tat sie es auch. Außer dem Inventar und ein paar Lampen an den Wänden war in dem Zimmer nicht viel zu sehen. Ein Bild hing an der Wand, welches ihre Aufmerksamkeit erregte. Es war handgemalt. Darauf abgebildet war eine wunderschöne Berglandschaft, vermutlich hier aus der Gegend. Ihm entging ihre Aufmerksamkeit nicht. Sie stand vor dem Bild und bewunderte es.

Er sagte: „Das Bild hat meine Mutter gezeichnet. Es sind die Berge hier am Ende der Straße, wo unser Wohnviertel aufhört."

Während er das sagte, bemerkte Tina, dass er sehr dicht hinter ihr stand. Sie konnte fast seinen Atem spüren. Das war ihr unangenehm und sie drehte sich um.

Sein Gesicht war fast vor ihrem. Beide traten einen Schritt zurück und sahen sich an. Tina wollte gerade mit Sprechen beginnen, da sagte er: „Ich weiß, was du wissen möchtest."

Sie sah ihn an und sagte: „Dann erzähl es mir."

Er sah sie an und grinste.

„Gerne", sagte er. „Aber vorher," er beendete den Satz nicht und sah Tina nur an.

Während er sie ansah, öffnete er sein Hemd, Knopf für Knopf und ließ sie dabei nicht aus den Augen. Tina wurde schlecht. Sie stand nur ein paar Schritte von der Wand entfernt, wo sie das Bild bewundert hatte. Auch Tina ließ ihn nicht aus den Augen. Sein Lächeln wurde immer breiter und er streifte sich sein Hemd ab. Tina zog sich der gesamte Unterleib zusammen. Ihr war speiübel. Am liebsten wäre sie weggelaufen. Aber so kurz vor dem

Ziel? Wusste er nun wirklich etwas oder nicht? Tina kamen Zweifel.

Viel Zeit für Entscheidungen blieben ihr jetzt nicht mehr. Sie ging ein paar Schritte zurück und wurde dann durch die Wand gestoppt. Ihr Hals war ganz trocken und sie spürte den Kloß darin.

Er kam mit inzwischen freiem Oberkörper auf sie zu. Sie schluckte. Er sagte nichts. Er stand nur vor ihr und sah sie an. Sie wollte seinem Blick ausweichen, konnte aber nicht. Beide starrten sich in die Augen. Er ging einen Schritt zurück.

Sie sah, wie seine lüsternen Augen über ihr nur dünnes Sommerkleid glitten. Sie war sich sehr wohl bewusst, dass es jetzt nur zwei Möglichkeiten gab. Entweder das Haus sofort verlassen, ohne jegliche Informationen.

Oder, weiter kam sie nicht in ihren Gedanken. Er griff sich an den Gürtel seiner Hose und öffnete ihn. Tina wurde noch schlechter und sie quetschte sich, so gut es ging, an die Wand. Das half ihr alles nichts. Er zog seine Hose aus und den Slip und stand nackt vor ihr. Seine ganze Männlichkeit und Erregung war nicht zu übersehen.

Tina konnte sich nicht rühren. Er kam auf sie zu. Griff sie am Arm und schleuderte sie auf die Liege. Mit einem dumpfen Aufprall kam Tina zum Liegen und in ihr stieg neben dem Ekel auch noch Wut auf. Wie konnte er es wagen. Er war kräftig gebaut und sie konnte sich kaum wehren. Mit einer Hand hielt er ihre Hände fest, während die andere ihr den Slip

Runterriss. Danach streifte er ihr Kleid nach oben und ihre Brüste lagen frei. Wie ein ausgehungerter Tiger stürzte er sich auf ihren Körper, ließ das Kleid kurzerhand über ihrem Kopf verschwinden und sie lag nackt vor ihm. Sie wollte heulen, schreien, kratzen, alles, was ihr so einfiel.

Aber sie war zu nichts in der Lage. Er rammte sein steifes Glied in sie hinein, dass ihr schwindelig wurde.

Hoffentlich ist es bald vorbei, dachte Tina nur. Sie weiß nicht, wie lange er sich an ihr ausgetobt hat. Sie hat jegliches Zeitgefühl verloren.

Irgendwann stellt sie erleichtert fest, dass die rhythmischen Bewegungen in ihrem Unterleib nachlassen und er langsam aufhört. Sie liegt da, die Beine weit von sich gestreckt und er lässt von ihr ab und schaut sie nur an.

23

Nachdem er nun von ihr ließ und wieder in seine Sachen stieg, sitzt Tina auf der Kante der Liege.

„Das Bad ist gegenüber", sagt er, „da kannst du dich waschen".

Er sagt es völlig emotionslos, ohne Reue, als wäre es das Normalste der Welt, eine Frau zu vergewaltigen.

Wie furchtbar denkt Tina. Sie sammelt ihren Slip vom Fußboden auf, nimmt ihr Kleid und geht ins Bad. Tränen laufen ihr über das Gesicht. Sie wäscht sich, so gut es eben dort geht, wischt sich die Tränen und den Schweiß vom Gesicht und geht innerlich halbwegs gestärkt wieder zu ihm ins Zimmer.

Schlimmer kann es nicht mehr kommen, denkt sie.

Als sie wieder in das Zimmer kommt, hat er bereits zwei Bier auf den Tisch gestellt. Sie verzichtet auf das Bier und greift lieber zu ihrer Flasche Wasser, die sie in der Handtasche hat. Sie braucht nichts zu sagen. Er beginnt von alleine zu erzählen.

„Dein Vater hat damals mit seinen Freunden meinen Onkel besucht. Zu diesem Zeitpunkt wurde er vom Drogenkartell erpresst und war in allerlei krumme Sachen verwickelt. Neben Schutzgeld ging es auch um Waffen, Drogen und alles Mögliche. Mein Onkel hat schon immer eine kriminelle Ader gehabt. Diebstahl gehörte auch dazu. Damals war er im Besitz von verschiedenen Edelsteinen. Unter anderem auch Smaragde. Die hatten es ihm besonders angetan und er wollte unter keinen Umständen, dass sie in die Hände von den Leuten des Drogenkartells kommen. So kam es dann, dass er deinen Vater bat, die Smaragde an sich zu nehmen und für ihn aufzubewahren. Sie haben vereinbart, dass er ihm die Steine zurückgibt, wenn die Sache mit dem Drogenkartell vorbei ist. Dazu kam es dann aber nicht mehr, wie du dir denken kannst. Es hieß, dein Vater und seine Freunde sind auf der Rückfahrt nach Bogota überfallen und ausgeraubt worden.

Somit waren dann auch die Smaragde weg. Mein Onkel hat nie an diese Version geglaubt. Er war bis zu seinem Tod der Meinung, dass dein Vater und seine Freunde ihn bestohlen haben."

Tina wusste nicht, ob sie ihm das glauben konnte.

„Woher weißt du das? Du warst doch damals auch noch ein Kind", fragte sie ihn.

„Mein Vater und mein Onkel waren Brüder. Sie haben sich schon immer gehasst. So wie ich jetzt mit Phelippe. Mein Vater hat das damals mitbekommen, weil mein Onkel vor Wut so getobt hat. Er hat es mir später mal erzählt, aber ich habe es niemandem gesagt, außer dir jetzt."

„Und was ist mit Phelippe, welche Rolle spielt er dabei und woher weiß er es?", fragt Tina ihn.

„Mein Onkel ist Anfang diesen Jahres verstorben. Auf dem Sterbebett hat er es seinem Sohn erzählt. Er bat ihn, Vergeltung zu üben. Er wollte, dass die Schuldigen bestraft werden. Deswegen ist die Sache dieses Jahr ans Licht gekommen."

„Und jetzt ist Phelippe in Deutschland", sagt Tina. „Mein Vater ist schon 2002 verstorben. Den kann ich nicht mehr fragen und seine damaligen drei Freunde und Kollegen sind dieses Jahr verstorben. Ich hatte einen Brief in meinem Briefkasten, der die Todesanzeigen der drei enthielt und Zeitungsausschnitte, aus denen hervorging, dass sie vermutlich Selbstmord begangen haben."

Er lächelte und antwortete: „Das sieht ganz nach Phelippe aus. Den Selbstmord kannst du vergessen."

„Aber was will er. Will er den Tod der Menschen, die damals damit zu tun hatten oder erhofft er sich einen Hinweis auf den Verbleib der Smaragde?", fragt Tina.

„Das weiß ich nicht. Vermutlich beides. Er hat die kriminelle Ader von seinem Vater geerbt. Ein Menschenleben zählt für ihn nichts. Er scheut sich auch nicht davor, jemanden zum Krüppel zu schlagen, wenn es darum geht, seine Interessen durchzusetzen. Er ist ein Schwein. Dumm, aber gefährlich."

Harte Worte dachte Tina.

Zu ihm gewandt sagte sie: „Was will er aber jetzt von mir?"

„Rache. Genau wie bei den anderen. Aber da er dir bis jetzt nichts getan hat, kannst du davon ausgehen, dass er hofft, durch dich an die Smaragde zu kommen."

„Ich habe aber keine. Meine Eltern hatten sie auch nicht. Alles was ich noch aus dieser Zeit hier habe, ist unser Schmuck. Meine Eltern haben damals hier sehr viel Goldschmuck gekauft. Den habe ich jetzt zu Hause. Mehr aber nicht."

„Dann sei froh, die Smaragde bringen nur Unheil."

„Was soll ich jetzt machen?", fragt sie.

Er greift in die kleine Kommode hinter sich und reicht ihr eine Visitenkarte. Sie nimmt sie fragend in die Hand und schaut darauf.

„Na", sagt er, „fällt dir nichts dazu ein?"

Sie liest sich den Namen durch, Rosa Gonzales, und schaut ihn fragend an. Er lacht.

„Du kannst dich nicht mehr an Rosa erinnern?"

Tina schaut ganz erstaunt und sagt: „Die Rosa, die bei uns war?"

„Ja, genau. Eure Rosa, die ihr als Dienstmädchen hattet. Wenn du wieder in Bogota bist, dann besuche sie mal. Sie kann dir sicherlich noch mehr erzählen. Aber sei vorsichtig. Sie ist sehr ängstlich."

„Wie kommst du zu Rosa und woher weißt du, dass sie damals unser Dienstmädchen war?"

Das gab Tina Rätsel auf.

„Mein Vater und sein Bruder haben sich nicht verstanden. Aber beide kannten deinen Vater. Deine Eltern haben sich mit Rosa sehr gut verstanden und sie hatte ihnen viel zu verdanken. Darauf war dein Vater immer sehr stolz und hat es auch meinem Vater gegenüber erwähnt. Also habe ich sie später irgendwann mal gesucht und auch gefunden."

„Das gibt es doch gar nicht", sagte Tina. „Unsere gute alte Rosa."

Mehr konnte er ihr nicht sagen. Aber in Tina brannte noch eine sehr wichtige Frage. Sie stand auf, warf sich ihre Handtasche über die Schulter und fragte ihn: „Warum erzählst du mir das alles?"

Er lachte und sagte: „Du wolltest es doch wissen, oder?"

Ernst fügte er dann hinzu.

„Meine Eltern haben deine Familie gemocht, weil sie uns geholfen haben. Außerdem ist es besser, wenn du das alles weißt. Vielleicht kannst du Phelippe entkommen. Es wäre schade, wenn dir etwas zustößt."

Bei dieser Bemerkung sah er sie wieder sehr lüstern an.

Oh Gott, dachte Tina. Bitte nicht schon wieder. Schnell sagte sie: „Ich danke dir für die Informationen, ich werde auf mich aufpassen."

Schnell verließ sie das Haus und trat vor die Tür. Draußen atmete sie erleichtert auf. Sie hörte das Zirpen der Grillen.

Das Geräusch möchte sie damals schon so gerne. Es war eine schwülheiße Tropennacht. Sie stieg in ihr Auto und fuhr ins Hotel.

Im Hotel angekommen, riss sie sich die Sachen vom Leib und schmiss sie in den Müll. Sie wollte das Kleid nie wieder sehen. Zu abscheulich ist die Erinnerung daran. Sie nimmt eine heiße Dusche und versucht damit auch, alle Gedanken an den Sex wegzuspülen. Während Sie daran denkt, verspürt sie noch die rhythmischen Bewegungen zwischen ihren Beinen. Es schaudert sie. Nach dem Duschen legt sie sich aufs Bett und versucht, die Fülle von Informationen zu verarbeiten.

Also, ihr Vater und seine ehemaligen Kollegen haben von dem Vater von Phelippe Smaragde zur Aufbewahrung bekommen. Es muss ja eine beachtliche Menge an Smaragden gewesen sein. Denn sonst würde ja wohl kaum so viel Aufsehen darum gemacht werden, dass sogar Menschen dafür sterben müssen. Die wurden ihnen, angeblich, bei einem Raubüberfall gestohlen. Phelippes Vater hat vor Wut getobt und den Überfall angezweifelt. Bis zu seinem Tod in diesem Jahr behält er es für sich. Warum auch immer. Das ist ihr ein Rätsel. Noch auf dem Sterbebett bittet er Phelippe, dass zu rächen. Daraufhin fliegt Phelippe nach Deutschland, macht die Personen von damals ausfindig und bringt sie um.

Informationen kann er von ihnen nicht bekommen haben, sonst hätte er nicht mehr so ein Interesse an Tina. Aber warum, fragt sie sich. Sie weiß doch erst recht nichts. Das versteht sie nicht. Die andere Frage für sie ist, welche Rolle spielt Rosa dabei. Was weiß sie? Sie sucht in ihrer Handtasche nach der Visitenkarte. Es ist kaum zu glauben, dass sie Rosa wahrscheinlich noch einmal sehen wird. Sie hält die Visitenkarte in der Hand und grübelt. Ihre Eltern waren immer gut zu Rosa und haben sie auch finanziell unterstützt. Sie wüsste nicht, welche Familie damals so viel für ihr Dienstmädchen getan hat. Ihre Eltern haben ihr damals die Abendschule bezahlt, damit sie einen vernünftigen Schulabschluss hat. Alle Zahnarztkosten haben sie übernommen und auch sämtliche Arztkosten, damit sie sich mal richtig untersuchen lassen kann. Gut bezahlt und vernünftig behandelt wurde sie auch immer. Man merkte ihr damals auch an, dass sie sich bei uns sehr wohl fühlte.

Tina nahm den Laptop aus der Tasche und schaltete ihn ein. Es wurde Zeit, den Rückflug nach Bogota zu buchen. Länger musste sie nicht in Medellin bleiben. Während der Laptop hochfuhr, piepte ihr Handy. Eine SMS. Sie sah nach und blickte wie versteinert auf das Display.

Dort stand: „Was wolltest du von meinem Cousin?"

Sie traute ihren Augen nicht. Selbst hier wurde sie stets und ständig durch ihn überwacht. Was würde er wohl als Nächstes tun?

Tina sah nach, ob die Hotelzimmertür auch richtig verschlossen ist und die Sicherheitskette eingehakt ist. Auch die Fenster kontrollierte sie. Nach dem Gespräch mit seinem Cousin hatte Tina noch mehr Angst. Sie hatte das dringende Bedürfnis, Fritz alles mitzuteilen, damit er eventuell etwas gegen Phelippe unternehmen kann. Bevor sie sich die Mails ansah, buchte sie erstmal den Flug nach Bogota. Es war zwar schon sehr spät, aber sie entschied sich noch für den neun Uhr Flug. Je eher sie hier wegkam, umso besser.

Nach der Bestätigungsmail des Fluges checkte sie gleich online ein. Die Bordkarte ließ sie sich aufs Handy schicken. Im Postfach war eine Mail von Fritz. Sie ahnte schon, was sie erwartete. Sie klickte die Mail an und las sie.

Wie erwartet, beschimpfte er sie aufs Gröbste. Zu Recht, dachte Tina. Was dann allerdings noch folgte, war mehr als interessant. Sie wurde plötzlich wieder hellwach. Nach der ausführlichen Schilderung ihres Kenntnisstandes in dem Brief, den sie ihm von Hamburg geschrieben hat, hat Fritz nochmals Hermann genauer überprüft. So scheint alles in Ordnung zu sein.

Aber seit Anfang des Jahres sind auf seinem Girokonto beachtliche Mengen an Geld eingezahlt worden. Es waren immer Bareinzahlungen, die er selbst vorgenommen hat. Das erscheint Fritz doch etwas merkwürdig und er rät Tina, sich von Hermann fernzuhalten.

Sie antwortet ihm und teilt ihm die Informationen mit, die sie von Phelippes Cousin erfahren hat.

Die Sache mit dem unfreiwilligen Sex verschweigt sie ihm wohlweislich.

Sie bittet ihn, wenn möglich, Phelippe ausfindig zu machen und aus dem Verkehr zu ziehen. Die Bitte ist wahrscheinlich überflüssig. Das wird er ohnehin versuchen, nach dem Stand der Dinge.

Sie schaltet den Laptop aus und geht ins Bett.

Es blieben ihr gerade mal noch dreieinhalb Stunden, bis der Wecker sie wieder aus dem Schlaf riss.

24

Völlig übermüdet quält sich Tina um sechs Uhr aus dem Bett. Sie wollte um sieben auf dem Flugplatz sein.

Nur nicht den Flug verpassen, denkt sie. Sie duscht, zieht sich an und packt die paar Sachen in den Koffer.

Der Leihwagen wird am Hotel abgeholt und zum Flugplatz fährt sie jetzt mit dem Taxi. Der Wagen ist pünktlich und sie ist rechtzeitig am Flughafen. Der Flieger hebt planmäßig ab und Tina ist erleichtert, Medellin wieder zu verlassen. Eins weiß sie genau, hier will sie nie wieder hin.

Sie kramt die Visitenkarte von Rosa aus ihrer Handtasche und betrachtet sie. Sie überlegt, wie Rosa ihr Erscheinen wohl aufnehmen wird. Während sie darüber nachdenkt, schläft sie ein. Die Nacht war einfach zu kurz.

Wieder in Bogota gelandet, fährt sie mit dem Taxi zum Hotel und schließt sich ein.

Da sie sehr müde ist, beschließt Tina, diesen Tag nichts weiter zu unternehmen und einfach nur zu schlafen. Sie muss erholt sein, um einen klaren Kopf zu haben.

Späten Nachmittag wird sie wach und fühlt sich gut. Sie bestellt sich Essen aufs Zimmer und stärkt sich. Im Stadtplan sucht sie sich das Stadtgebiet raus, in dem Rosa wohnt. Am nächsten Tag wird sie zu ihr fahren.

Der Schlaf vom Vortag und dieser Nacht haben Tina gutgetan. Ihr Körper hat das gebraucht. Sie betrachtet die Visitenkarte von Rosa und beschließt, nicht anzurufen, sondern einfach bei ihr zu klingeln.

Sie geht vor die Tür des Hotels und winkt sich das nächste Taxi heran. Sie sagt dem Fahrer die Adresse und er fährt sie dorthin. Die Fahrt dauert ungefähr 25 Minuten. Sie zahlt und verlässt das Taxi. Ohne zu zögern, geht sie auf das Haus zu, betritt den Hausflur und sucht die Tür mit dem Namen Gonzales. Sie klingelt und wartet. Es macht niemand auf. Sie klingelt nochmal und wartet wieder ab. Rosa scheint nicht zu Hause zu sein.

Tina verlässt das Haus und bleibt unschlüssig davor stehen. Es ist noch früh am Tag. Sie beschließt, sich in der Nähe ein Cafe zu suchen und dort zu warten. Auf keinen Fall wird sie Bogota verlassen, bevor sie mit Rosa gesprochen hat. Zwei Straßenzüge weiter ist ein kleines niedliches Cafe. Sie sucht sich einen Tisch in der Ecke und bestellt einen Milchkaffee. Durch die Klimaanlage ist die Luft hier drinnen angenehm. Tina genießt den Kaffee und denkt an Rosa. Wie wird sie wohl reagieren? Tina ist gespannt.

Sie sieht Rosa in Gedanken so vor sich, wie sie sie noch aus ihrer Kindheit in Erinnerung hat. Das ist jetzt 42 Jahre her. Sie muss schon eine alte Frau sein. Sie würde sie bestimmt nicht wiedererkennen.

Tina holt den Laptop raus und schaut in die Nachrichten, was zu Hause so los ist. Offensichtlich ist nichts von Bedeutung passiert. Bei Wetter Online guckt sie, wie das Wetter in Wismar ist. Zu Hause ist auch angenehmes Wetter. Zum Schluss schaut sie noch in ihre Mails. Ein paar Kunden haben Anfragen zu ihren Aufträgen. Das Finanzamt hat geschrieben, sie scheinen nun endlich ihre Steuererklärung vom Vorjahr fertig zu haben. Und Fritz hat eine Mail geschrieben. Sie bestellt sich noch einen Milchkaffee und liest mit Spannung die Mail.

Fritz teilt ihr mit, dass Phelippe in Kolumbien kein unbeschriebenes Blatt ist. Das Problem ist nur, man konnte ihm nie etwas nachweisen. Irgendwie hat er immer den Kopf aus der Schlinge gezogen und ist ohne Bestrafung davongekommen. Entweder hat er einflussreiche Freunde oder Geld, oder beides, sodass er sich immer freikaufen kann. Polizei und Geheimdienste in Kolumbien sind ihm gegenüber machtlos. Fritz hat ihn zurzeit in Deutschland unter Beobachtung. Er benimmt sich vorbildlich. Nichts Auffälliges. Mit ihm sind noch zwei weitere Männer nach Deutschland gereist. Deren Vorstrafenregister würde ganze Romane füllen. Aber solange sie in Deutschland nicht auffällig werden, kann man nichts gegen sie unternehmen. Er rät Tina, äußert vorsichtig zu sein. Die Leute sind brutal und schrecken vor nichts zurück. Er bittet Sie, schnellstmöglich wieder in das nächste Flugzeug zu steigen und nach Hause zu kommen. Solange sie in Kolumbien ist, kann er nicht viel für sie tun. Zu Hause kann er sie besser beschützen.

Die Mail von Fritz baut Tina nicht gerade auf. Ihre Vermutung wird dadurch nur noch mehr bestärkt, dass sie sich nicht sicher fühlen darf.

Sie klappt den Laptop zu, trinkt ihren Milchkaffee aus und bezahlt.

Vor dem Cafe empfängt sie die stickige Hitze der Großstadt. Sie geht wieder zu dem Haus, in dem Rosa wohnt, geht zu ihrer Wohnungstür und klingelt. Diesmal hat sie Glück. Sie hört Geräusche von drinnen und die Tür wird geöffnet. Mittlerweile verspürt sie innerlich keine Aufregung mehr. Es ist nur noch pure Angst, zum einen vor Phelippe und zum anderen vor den Informationen, die sie unter Umständen von Rosa erhält. Sie muss einsehen, dass sie wahrscheinlich in Gefahr ist und will sich mit allen Mitteln schützen.

In der Tür steht eine alte Frau, sie hat graue Haare, ist nur ein wenig größer als Tina und schaut sie fragend an.

„Ich bin Tina Walter. Wir waren in den 70' er Jahren hier in Bogota und sie waren zu dieser Zeit unser Dienstmädchen. Meine Eltern waren Harald und Irma Walter."

Die Frau ihr gegenüber wurde sehr nervös, nachdem Tina das gesagt hatte. Sie machte keine Anstalten, Tina hereinzubitten.

Stattdessen fragte sie: „Woher soll ich wissen, dass du es wirklich bist?"

Tina holte ihren Pass aus der Tasche und gab ihn ihr. Rosa schaute hinein und gab ihr den Pass zurück.

Misstrauisch sagte sie: „Einen Pass kann sich heutzutage jeder besorgen, der muss nicht echt sein."

Tina war sehr erstaunt über so viel Misstrauen. Die Frau ihr gegenüber lächelte.

„Du hattest damals einen Freund. Ihr habt viel zusammen gespielt. Wenn deine und seine Eltern gemeinsam weggegangen sind, dann hat er oft bei dir übernachtet. Er mochte gerne etwas Bestimmtes essen. Das habe ich ihm dann nicht immer gleich gegeben."

Sie sagte das und sah Tina gespannt an. Jetzt lächelte Tina und antwortete ihr.

„Du meinst Ingo. Er hat öfter bei uns übernachtet. Er mochte für sein Leben gerne Käse essen."

Jetzt beobachtete Tina wie Rosa reagierte. Sie strahlte über das ganze Gesicht. Freudentränen liefen ihr über die Wangen. Beide Frauen traten aufeinander zu und umarmten sich vor Freude weinend. Beide hätten wohl nicht gedacht, dass sie sich jemals wiedersehen. Nach dieser innigen Umarmung bat Rosa Tina in die Wohnung.

Sie setzten sich im Wohnzimmer an den Tisch. Rosa strahlte über das ganze Gesicht.

„Du musst meine Vorsicht entschuldigen. Ich habe schon zu viel Schlechtes erlebt."

Tina winkte ab. „Man kann nicht vorsichtig genug sein."

„Da du alleine hier bist, nehme ich an, dass deine Eltern nicht mehr leben?", fragte Rosa.

„Ja. Sie sind beide viel zu früh gestorben. Meine Mutter im Jahr 2000 und mein Vater dann gleich 2002. Sie waren krank."

„Das tut mir leid. Sie sind so wunderbare Menschen gewesen. Ich habe ihnen viel zu verdanken. Nachdem ihr damals weg wart, habe ich noch fünf Jahre für eine andere Familie aus der Botschaft gearbeitet. Danach habe ich eine Ausbildung gemacht und anschließend in einem Reisebüro gearbeitet. Wenn deine Eltern mir damals nicht die Abendschule bezahlt hätten, wäre ich nie in der Lage gewesen die Ausbildung zu machen. Möchtest du etwas trinken, darf ich dir einen Kaffee anbieten?"

Tina hatte zwar schon genug Milchkaffee getrunken, wollte Rosa aber auch nicht enttäuschen.

„Ja, gerne", antwortete sie ihr.

Rosa ging in die Küche und bereitete den Kaffee zu. Tina ging ihr hinterher und beobachtete sie.

Wie früher, dachte Tina. Ihre flinken Hände wuselten durch die Küche und im Nu war der Kaffee fertig.

Die beiden Frauen strahlten sich an. Tina nahm ihr das Tablett mit der Kanne Kaffee und den zwei Tassen ab und trug alles ins Wohnzimmer. Sie setzten sich und Rosa erzählte.

„Durch die Ausbildung und meinen Job im Reisebüro konnte ich mir etwas Geld zur Seite legen. Dadurch komme ich jetzt ganz gut über die Runden. Ich bin jetzt 75 Jahre, da muss ich die Tage immer genießen, man weiß ja nie, wann es vorbei ist."

Tina erwiderte ihr lachend: „Du wirst 100 Jahre."

Beide mussten darüber lachen. Sie erzählten noch ein paar Stunden von damals, als Tina noch ein Kind war und mit ihren Eltern in Bogota in der Wohnung gegenüber der Botschaft gelebt hat. Es war eine schöne Zeit.

Irgendwann schwiegen beide und Rosa blickte Tina ernst an.

„Warum bist du hier? Jetzt, nach so vielen Jahren? Gibt es einen Grund dafür?"

Auf diese Frage hatte Tina schon lange gewartet. Sie seufzte und erzählte Rosa von den Briefen, die sie zu Hause bekommen hat. Von den Todesanzeigen und den Zeitungsartikeln. Auch von dem Bild, das sie veranlasst hat nach Medellin zur fahren.

Während sie sprach, verfinsterte sich Rosas Gesicht wieder.

„Ja. Es ist wahr, dass der Cousin von Phelippe mich nach vielen Jahren hier besucht hat. Er ist das ganze Gegenteil von Phelippe. Er ist ein freundlicher Mensch."

Na ja, dachte Tina. Ihr viel sofort wieder das unangenehme Erlebnis in seinem Haus ein und sie schlug instinktiv die Beine übereinander.

„Er hat mir damals das Gleiche erzählt wie dir heute. Warum er das getan hat, weiß ich nicht. Ich konnte ihm auch nicht weiterhelfen."

Rosa sah Tina an und wartete ab. Da Tina nichts dazu sagte, stand Rosa auf und ging an den Schrank.

Sie öffnete die rechte mittlere Schranktür. Dahinter kam ein kleiner Schranksafe zum Vorschein. Sie öffnete ihn mit einem Zahlencode und entnahm im etwas, was sie in der geschlossenen Hand hielt und setzte sich wieder zu Tina an den Tisch. Tina sah sie fragend an. Mit ernstem Gesicht begann Rosa zu erzählen.

„Deine Eltern waren immer sehr gut zu mir und wir haben uns alle gut verstanden und gemocht. Eines Tages kam dein Vater zu mir, das war kurz bevor er wieder endgültig nach Hause zurückmusste. Er bat mich, etwas für ihn aufzubewahren. Er würde es sich irgendwann wieder abholen, aber mitnehmen konnte er es auch nicht. Ich hatte großes Vertrauen zu ihm und habe es bis heute aufbewahrt. Da er es nicht mehr abholen kann, gebe ich es dir jetzt. Vielleicht hilft es dir weiter."

Sie nahm Tinas Hand und legte einen kleinen Schlüssel hinein. „Was ist das?", fragte Tina.

„Es ist ein Schließfachschlüssel. Auf dem kleinen Schild steht der Name der Bank."

Tina drehte den Schlüssel in ihrer Hand und sah den Namen der Bank. Es ist die Banco de Bogota. Auf dem Schlüssel eingestanzt, sah sie die Nummer des Schließfachs. Da stand tatsächlich 1965 drauf. Das ist ihr Geburtsjahr. Ob das Zufall war oder ob ihr Vater das absichtlich getan hat?

Sie schüttelte den Kopf.

Rosa fragte „Was ist?"

„Sieh dir die Nummer an. Das ist mein Geburtsjahr. Wer weiß noch von dem Schließfach?"

„Niemand. Ich habe es immer für mich behalten. Ich wollte deinen Vater nicht enttäuschen. Ich bin ehrlich. Ich habe irgendwann nicht mehr daran geglaubt, dass er tatsächlich nochmal herkommt und ihn sich wieder abholt."

Tina fragte sie: „Aber der Cousin von Phelippe, der wollte doch bestimmt von dir etwas über damals wissen."

„Ja natürlich, aber ich habe ihm nichts gesagt, was er nicht schon wusste. Somit habe ich nicht gelogen und auch nicht die Existenz des Schließfaches preisgegeben."

„Weißt du, was da drin ist", fragte Tina.

„Nein", antwortete Rosa. „Es wäre mir nie im Traum eingefallen nachzuschauen."

Das glaubte Tina ihr aufs Wort. Dafür war Rosa ein viel zu ehrlicher Mensch.

„Kannst du mir sagen, wo die Bank ist?"

„Ja, sie befindet sich in der Calle 36. Du kannst das Hochhaus nicht verfehlen."

Tina starrte wie gebannt auf den Schlüssel und überlegte, ob er wohl des Rätsels Lösung war. Sie steckte ihn in ihre Handtasche und wollte so schnell wie möglich zur Bank.

Rosa sah ihr das an und sagte: „Ich kann verstehen, das du jetzt so schnell wie möglich dahin möchtest. Geh nur, ich habe mich sehr gefreut, dich zu sehen."

Tina kam es komisch vor, so abrupt zu gehen. Aber sie musste wissen, was in dem Schließfach ist. Bevor Tina ging, schrieb sie Rosa noch ihre Adresse und Handynummer auf einen Zettel. Sie versprachen sich, in Kontakt zu bleiben.

Rosa nahm Tina liebevoll in den Arm und sagte: „Pass auf dich auf."

„Ja das mache ich. Du auch auf dich."

Dann verließ Tina Rosas Wohnung und ging aus dem Haus.

25

Wieder auf der Straße winkte Tina sich ein Taxi heran und gab dem Fahrer die Anschrift der Bank.

Ihre Gedanken kreisten nur um das Schließfach. Sie verstand überhaupt nicht, wie ihr Vater so etwas tun konnte. Was wollte er mit einem Schließfach in Bogota? Wo er doch, solange die DDR existierte, niemals wieder hingekommen wäre? Was für ein Geheimnis hat er nur mit ins Grab genommen? Ob sie es jemals erfahren wird?

Das Taxi hielt, Tina zahlte und stieg aus. Mit klopfendem Herzen ging sie auf das große Gebäude zu.

Kurz davor blieb sie stehen und überlegte, ob man ihr überhaupt Zugang zu dem Schließfach gewähren würde. Sie musste es versuchen. Im Inneren der Bank versuchte sie, sich zu orientieren.

Ein Schalter war mit Information gekennzeichnet, welchen sie dann auch ansteuerte.

Sie grüßte freundlich und trug ihr Anliegen vor. Die Angestellte bat sie um einen Moment Geduld. Sie verschwand und kam mit einem gut gekleideten Bankangestellten wieder, der eine Mappe in der Hand hielt. Er begrüßte Tina und bat sie mitzukommen. Sie nahmen an einem kleinen Tisch Platz. Dort öffnete er die Mappe und Tina musste ein Formular ausfüllen und ihm ihren Pass zeigen. Beim Ausfüllen der Unterlagen musste er ihr behilflich sein, so gut war ihr Spanisch nun doch nicht.

Nachdem die Prozedur erledigt war, bat er sie, ihm zu folgen. Sie gingen in das Kellergeschoss der Bank, mussten eine Gittertür passieren, die er hinter ihnen wieder verschloss. In dem großen Raum befanden sich wohl tausende von Schließfächern. Er steuerte zielgerichtet einen bestimmten Bereich an, schloss eine kleine schmale längliche Tür auf. Darin befand sich ein länglicher kistenähnlicher Gegenstand, der mit dem Schlüssel zu öffnen war, den Tina in der Hand hielt.

Der Bankangestellte ließ sie allein, vorher zeigte er ihr die Klingel, die sie betätigen sollte, wenn sie denn fertig sei. Dann war Tina allein. Hier fühlte sie sich wirklich sicher. Niemand konnte sie beobachten. Mitten in dem großen Raum stand ein Tisch mit mehreren Stühlen. Mit zitternden Händen nahm sie die kleine Kiste heraus und stellte sie auf den Tisch. Sie traute sich nicht, den Schlüssel ins

Schloss zu stecken und sie zu öffnen. Sie wollte gerne wissen, was darin ist, fürchtete sich aber auch genauso davor.

Was ist, dachte sie, wenn sie tatsächlich die Smaragde darin findet?

Der Gedanke war für sie abscheulich. Sie musste Gewissheit haben. Der Schlüssel glitt in das Schloss, Tina holte tief Luft und öffnete das Teil. Sie sah erwartungsvoll hinein.

Darin befanden sich Schmuckstücke ihrer Mutter. Mehrere Goldringe, mit Saphiren und Rubinen bestückt. Sie nahm sie in die Hand und sah sie sich an. Automatisch fing sie an zu weinen. Warum haben ihre Eltern die Schmuckstücke hiergelassen? Es war doch kein plötzliches Ende ihrer Zeit hier. Sie sind planmäßig nach ein paar Jahren wieder in die DDR zurückgegangen. Sie verstand es nicht. Neben den Ringen waren noch ein paar Goldketten mit wunderschönen Anhängern dabei. Den Armreif aus Platin erkannte Tina wieder. Den hat ihre Mutter oft getragen. Unter dem Schmuck lag ein mittelgroßer, tief lilafarbener Samtbeutel. Sie nahm ihn heraus. Er fühlte sich wunderbar weich an. Bei der Berührung knisterte es, als wenn Papier darin wäre. Sie griff mit der Hand hinein und hielt mehrere Stücke Papier in der Hand. Ganz unten in der Ecke lag ein kleiner, ungefähr drei Millimeter großer Smaragd.

Sie nahm ihn in die Hand, runzelte die Stirn und starrte den Stein an. Das kann doch nicht wahr sein, dachte sie. Sollte ihr Vater tatsächlich im Besitz dieser Steine gewesen sein? Sie konnte es nicht glauben. Aber was macht sonst dieser Smaragd darin. Oder ist es alles nur ein großer Irrtum und er hat nie etwas damit zu tun gehabt?

Aber warum sollte er Rosa den Schließfachschlüssel zur Aufbewahrung gegeben haben? Wozu überhaupt dieses Schließfach?

Tina fühlte sich leer und erschöpft. Was hatte sie erwartet? Sie weiß es selber nicht.

Plötzlich vielen ihr die Worte von Phelippes Cousin wieder ein, der meinte, ob Phelippe unter Umständen hofft, über Tina an die Steine zu kommen.

Da hielt sie nun diesen kleinen Stein jetzt in der Hand und konnte sich nicht vorstellen, dass dafür Menschen sterben mussten. Es ist alles so furchtbar, dachte sie.

Sie legte den Smaragd wieder in den Samtbeutel und sah sich die Papiere an. Auf den ersten Blick erschien es ihr, als wenn jemand die Übergabe und Übernahme eines bestimmten Gegenstandes darauf quittiert hat. Sie versuchte, so gut es ging, den Inhalt zu erfassen. Es war alles auf Spanisch geschrieben.

Die Handschrift ihres Vaters erkannte sie wieder. Die ist unverkennbar. Sie musste lächeln.

Auf alle Fälle geht es in diesen Schreiben um die Smaragde, so viel stand fest. Es gab zwei Schreiben, aus denen eindeutig hervorging, dass die Steine übergeben und erhalten worden sind.

Die verschiedenen Daten machten Tina ganz nervös. Auf einem Blatt stand 25.06.1976 mit der Unterschrift ihres Vaters, dass er etwas erhalten hat. Übergeben hat es ihm eindeutig der Vater von Phelippe. Sie kann deutlich die Unterschrift mit Rodriguez entziffern.

Auf dem anderen Blatt hat Rodriguez für den Erhalt unterschrieben und ihr Vater hat ihm etwas übergeben. Das ist am 11.07.1977 gewesen.

Aus dem Text geht wiederum hervor, dass es etwas mit Smaragden zu tun hat.

Sie muss diese Texte unbedingt richtig übersetzen lassen. Aber das würde ja bedeuten, dass ihr Vater die Smaragde tatsächlich zurückgegeben hat. Aber warum erzählt der Vater von Phelippe seinem Sohn dann so eine Unwahrheit?

Tina sitzt völlig verstört am Tisch und starrt die Sachen aus dem Schließfach an. Ihr wurde schlecht bei dem Gedanken an Phelippe. Was ist, wenn er weiß, dass sie hier war, und denkt, dass sie hier die Smaragde gefunden hat. Dann ist sie mehr als in Gefahr.

So ein Dreck dachte sie. Den Armreif steckte sie so in ihre Handtasche und den restlichen Schmuck tat sie in den Samtbeutel. Die Texte verschwanden in einem kleinen Seitenfach in ihrer Handtasche. Den kleinen Kasten steckte sie wieder in das Fach und klingelte, damit man sie wieder nach oben ließ.

Oben im Schalterraum blieb sie kurz vor dem Ausgang stehen und überlegte. Sie hatte einen Plan.

Draußen vor der Bank blieb Tina stehen und beobachtete die Menschen. Ein ganz schönes Gewusel, dachte sie. Sie strengte sich sehr an, die Menschen zu beobachten. Einige hasteten vorbei, andere schlenderten durch die Straße und ihr Blick blieb an einem Auto kleben.

In einiger Entfernung vor der Bank stand ein Fahrzeug, an dem zwei Männer lehnten und offenbar auch das Geschehen auf der Straße beobachteten.

Sollten das meine Verfolger sein, dachte Tina. Das wollte sie herausfinden.

Mit gemütlichen Schritten, so gut es bei der innerlichen Aufregung möglich war, ging sie die Straße herunter und steuerte auf ein Geschäft zu. Sie blieb vor dem großen Schaufenster stehen und konnte im Spiegelbild der Glasscheibe sehen, wie sich einer der Männer vom Fahrzeug weg in ihre Richtung bewegte. Der andere setzte sich hinter das Lenkrad. Sie nutzte die Gelegenheit und verschwand um die Ecke und versteckte sich in einem Hausflur.

Durch das Fenster des Hausflures konnte sie die Straße beobachten. Ihr Herz klopfte wie wild. Sie sah den einen Mann um die Ecke kommen, der suchend um sich blickte. Ein paar Sekunden danach kam das Fahrzeug um die Ecke.

Das war für sie die Bestätigung. Sie waren wirklich hinter ihr her. Sie sank an der Wand im Hausflur in die Knie, hielt sich die Hände vors Gesicht und musste sich die Tränen verkneifen. Nun hockt sie hier. Mitten in Bogota, wird von irgendwelchen, wahrscheinlich Gewalttätigen, Menschen beschattet und weiß nicht, wie sie die loswerden soll.

Sie versucht, sich zu konzentrieren.

Phelippes Cousin hat wahrscheinlich Recht, dass er hofft, durch sie doch noch an die Smaragde zu kommen.

Dass sie in dem Schließfach nichts gefunden hat, wissen sie ja nicht. Aber, woher sollen sie denn überhaupt wissen, was sie in der Bank gemacht hat. Aber alles egal, denkt Tina. Auch wenn sie mich jetzt nicht draußen finden, spätestens im Hotel haben sie mich wieder.

Sie beschließt, trotzdem erstmal wieder zum Hotel zu fahren. Sie überzeugt sich, dass die beiden weg sind und fährt mit dem nächsten Taxi zum Hotel. Dort geht sie zielgerichtet auf ihr Zimmer und schließt sich ein.

Es sind noch fünf Tage bis zum planmäßigen Abflug nach Hamburg. So lange kann ich auf keinen Fall bleiben, denkt sie.

Sie nimmt den Laptop aus ihrer Handtasche und schaltet ihn an. Während er hochfährt, muss sie an Fritz denken. Er hat sie gewarnt und er hatte wieder mal Recht.

Jetzt konnte sie wirklich nur versuchen, so schnell wie möglich hier wegzukommen. Sie versuchte, ihren Rückflug umzubuchen. Das war nicht so einfach. Aber nach einiger Zeit, und mit einem gehörigen Preisaufschlag, hatte sie einen Flug für diese Nacht gefunden.

Die Zeit war ihr mittlerweile egal, Hauptsache so schnell wie möglich hier weg. Sie checkte wieder online ein und war kein bisschen entspannter. Im Hotel fühlte sie sich auch nicht mehr sicher. Deshalb beschloss sie, sich schon ein Taxi zu bestellen, um lieber früher am Flughafen zu sein.

Dort, unter den vielen Menschen, konnte sie viel besser untertauchen. Gerade wollte sie an der Rezeption anrufen, da klingelte ihr Handy. Es war Rosa.

Sie ging ran und sagte: „Hallo Rosa.“

Am anderen Ende hörte sie nur ein Schluchzen. Es durchfuhr sie ein fürchterlicher Schreck.

„Rosa, bist du es?“, fragte Tina.

Mit zitternder Stimme hörte sie Rosa sagen: „Ja. Es waren zwei Männer hier. Sie haben mich bedroht und geschlagen. Ich musste ihnen sagen, warum du hier warst. Es sind sehr böse Menschen.“

Dann hörte sie Rosa nur noch weinen.

„Tina, es tut mir so leid. Aber ich hatte solche Angst. Sie wissen jetzt von dem Schließfach.“

Diese Schweine, dachte Tina.

Zu Rosa sagte sie: „Es ist in Ordnung. Mach dir um mich keine Sorgen. Ich werde das schon schaffen. Pass du nur gut auf dich auf.“

Tina beendete das Gespräch und war rasend vor Wut. Wie kann man einer armen alten Frau nur so etwas antun. Sie hat keinem Menschen etwas getan.

Instinktiv nahm sie die beiden, für sie wichtigen, Zettel aus der Tasche und legte sie auf den Tisch. Mit ihrem Handy fotografierte sie beide Schriftstücke und sendete die Bilder an ihre eigene Mail-Adresse. Man weiß ja nie, dachte Tina.

Sie wählte die Nummer der Rezeption und bestellte ein Taxi. Da sie auf Nummer sichergehen wollte, fragte sie, ob das Hotel auch einen Hintereingang hat, und bestellte das Taxi dorthin. Nun ging es ihr schon besser. Sollten die beiden doch ruhig vorne warten und schauen, sie war dann schon lange weg.

Das Telefon klingelte und der Rezeptionist sagte Bescheid, dass das Taxi wartet.

26

Tina warf sich die Handtasche über die Schulter, nahm ihren Koffer und ging hinunter.

Der freundliche Mitarbeiter an der Rezeption zeigte ihr den Weg zum Hinterausgang und wünschte ihr einen guten Flug. Der Taxifahrer nahm ihr den Koffer ab und verstaute ihn im Kofferraum. Tina hielt er die Wagentür auf und ließ sie einsteigen.

Erleichtert lehnte sie sich zurück und musste an Rosa denken.

Tina plagte die Schuld. Wäre sie nicht nach Kolumbien gereist, wäre Rosa nicht in Gefahr geraten. Sie schämte sich dafür. Aber jetzt ist es zu spät.

Das Taxi fuhr los und Tina war in Gedanken. Nach ungefähr zehn Minuten näherte sich der Wagen einer großen Kreuzung. Links war der Flughafen ausgeschildert. Der Taxifahrer blieb auf der Mittelspur und fuhr geradeaus weiter.

Tina stutzte und fragte ihn: „Müssen wir nicht links fahren?"

Er sah sie kurz an und erklärte ihr, dass auf der Strecke eine Umleitung ist.

Okay dachte Tina, da kann man nichts machen. Sie sehnte sich nach dem Flughafen, sie wollte hier so schnell wie möglich weg. Nach einiger Zeit fragte sie den Fahrer wie lange sie noch fahren müssen.

„Wir sind gleich da", antwortete er.

Komisch dachte Tina, den Weg hatte sie anders in Erinnerung. Jetzt sah sie sich etwas genauer im Inneren des Wagens um. Ihr Blick glitt über die Wagentüren hinten und ihr blieb fast das Herz stehen. Vor Schreck kribbelte alles wie elektrisiert in ihrem Körper und sie drohte fast das Bewusstsein zu verlieren. An den hinteren Innentüren waren die Griffe zum Öffnen nicht da. Offensichtlich wurden sie abmontiert.

Sie bat den Fahrer, anzuhalten.

Im Rückspiegel konnte sie sehen, dass er sie ansah, aber er antwortete nicht. Stattdessen gab er Gas und fuhr in ein dunkles Stadtgebiet hinein.

Jetzt war Tina alles klar. Sie war nicht in einem richtigen Taxi. Sie würde nie am Flughafen ankommen. Ihre Angst war unbeschreiblich. Sie zitterte am ganzen Körper. Den Mann von der Rezeption hatten sie wahrscheinlich bestochen. Der hat sich sicherlich über die Aufbesserung seines Lohnes gefreut.

Sie tastete in ihrer Handtasche nach den wichtigen Dingen, die sie unbedingt brauchte. Handy, Pass, Geldbörse. Alles an seinem Platz. Die Papiere für den Rückflug hatte sie ohnehin bei sich. Der Angstschweiß trat ihr auf die Stirn. Hätte sie bloß vorher noch eine Mail an Fritz geschickt. Jetzt weiß er noch nicht einmal, dass sie gar nicht am Flughafen angekommen ist. Scheiße. Sie bekommt regelrecht Angstzustände. Die Kraft in ihrem Körper lässt nach. Nein, bitte, bitte jetzt nicht umfallen denkt Tina. Ich muss versuchen, aufmerksam zu bleiben. Aber wie, ich habe Angst.

Der Wagen verlangsamt sein Tempo und fährt auf einen Wohnblock zu. Noch während der Fahrt öffnet er von innen das Tor zur Tiefgarage.

Tina versucht, sich zu konzentrieren. Sie prägt sich, so gut es geht, die Örtlichkeiten ein. Vielleicht hilft es ihr irgendwann mal weiter. Auf diese Art hält sie sich etwas wach und lenkt sich ein wenig von der Angst ab, die sie innerlich fast lähmt.

Im Scheinwerferlicht des Wagens sieht sie die Türen, die wahrscheinlich zu den Häusern hochführen. In einer Tür stehen zwei Männer. Auf die steuert der Wagen zu und bleibt auf ihrer Höhe stehen.

Tina klammert sich an ihrer Handtasche fest und drückt diese an ihren Oberkörper. Die linke Wagentür wird geöffnet. Sie bleibt wie versteinert sitzen. Der Mann, der in der Tür steht, macht mit dem Kopf eine Bewegung, die ihr signalisiert, dass sie aussteigen soll. Sie rutscht von der Mitte der Sitzbank nach links rüber und steigt aus. Kaum hat sie die Füße auf dem Fußboden, packen die Männer sie an den Oberarmen. Einer links, der andere rechts. Sie halten sie fest und gehen mit ihr auf die Tür zu. Der Fahrer des Wagens fährt mit dem Auto zur Seite und folgt ihnen.

Sie gehen eine Treppe hoch und auf eine Wohnungstür zu. Es muss noch Parterre sein, denkt Tina. Sie schließen die Tür auf. Hier drinnen ist es dunkel. Sie führen sie in einen Raum, in dem sich nur ein Tisch und ein paar Stühle befinden. Die Gardinen der Fenster sind zugezogen. Sie platzieren sie auf einem Stuhl und lassen sie los. Ihr Herz klopft wie wild und sie kann kaum atmen. Trotzdem versucht sie, sich so gut es geht, zu konzentrieren. Sie will sich alles genau einprägen.

Einer der Männer setzt sich ihr gegenüber an den Tisch. Die anderen beiden sagen zu ihm, dass sie draußen warten, er muss gleich kommen.

Tina bekommt einen Schreck. Wer soll noch kommen? Ist Phelippe etwa schon wieder aus Deutschland weg und hier in Kolumbien? Das kann sie nicht glauben, das hätte Fritz ihr doch bestimmt gesagt.

Die Tür fällt ins Schloss und sie ist mit dem Mann ihr gegenüber allein. Sie grübelt, was sie nur machen kann. Gegen den Typen kommt sie nicht an. Dafür ist sie zu schwach. Durch die Tür raus kann sie sowieso nicht, da stehen die anderen beiden. Scheiße.

Sie betrachtet die Fenster, aber die sind mit schweren dunklen Vorhängen zugezogen. Sie versucht, ihre innere Panik in den Griff zu bekommen, und denkt nach.

Viele Möglichkeiten hat sie nicht. Also versucht sie einfach etwas.

So gut es geht, lächelt sie und fragt: „Ich müsste mal zur Toilette, ist das möglich?"

Der Typ wird etwas unruhig, blickt zur Tür, wo die anderen vorhin verschwunden sind, und schaut Tina an. Unschlüssig blickt er auf die Richtung hinter Tina. Das entgeht ihr nicht.

Sie kennt die Örtlichkeit nicht und hat demzufolge keine Orientierung. Aber alles was in die andere Richtung als zum Eingang führt, kann schon mal nur gut sein.

„Ist in Ordnung", sagt er. „Komm mit."

Tina atmet innerlich auf. Er führt sie durch einen kleinen Flur in die Toilette.

„Ich bleibe vor der Tür stehen, also keine Mätzchen."

Tina bedankt sich und verschwindet hinter der Tür. Sie lässt sich nicht verschließen, aber er machte auch keine Anstalten, mit hinein zu wollen.

Schnell sieht sie sich in dem Raum um. Es gibt ein Fenster, aber es ist vergittert. Also wahrscheinlich doch unten, denkt Tina, sonst wäre das Gitter unnötig. Sie öffnet geräuschvoll den Toilettendeckel und schleicht ganz leise zum Fenster, um es zu öffnen. Der Griff gibt nach und sie zieht ganz leise das Fenster auf. Sie kann draußen niemanden hören oder sehen. Also ist die Eingangstür der Wohnung wohl doch auf der anderen Seite. Sie greift an das Gitter und rüttelt ganz leicht daran. Es gibt nach. Ihr Herz klopft wie verrückt. Sie steckt das Gitter wieder in die Verankerung, macht Geräusche mit der Toilette und drückt die Spülung.

Jetzt muss alles ganz schnell gehen. Mit der Geräuschkulisse der Toilettenspülung im Hintergrund nimmt sie das Gitter raus, hält es schräg und zieht es in den kleinen Raum.

Sie stellt es zur Seite, steigt auf das Klo und hangelt sich aus dem Fenster. Zeit zum Nachdenken bleibt ihr nicht. Sie lässt sich, so gut es geht an der Hauswand herunter und muss den Rest dann doch springen und sich einfach fallen lassen.

Mit einem dumpfen Aufprall kommt sie unten an. Schnell tastet sie ihre Arme und Beine ab, ob alles in Ordnung ist und sie sich nicht verletzt hat. Wenn sie sich nicht irrt, müsste die Wohnungstür jetzt auf der linken Seite des Gebäudes sein.

Sie schaut sich um. Es ist ein Hinterhof, in dem sie sich befindet. Sie schaut nach rechts und sieht dort mehrere Türen. Hoffentlich Durchgänge nach vorne denkt sie und läuft los. Sie muss sich beeilen, denn sie hört jetzt Geräusche aus dem Raum über sich. So schnell sie kann, rennt sie auf die äußerste Tür zu, denn sie möchte sich so weit wie möglich von der Wohnung entfernen.

Auf die Geräusche hinter ihr kann sie jetzt keine Rücksicht nehmen. Sie schaut sich nicht um. Sie rennt nur. Schnell ist sie hinter der Tür verschwunden und versucht, sich in Sekundenschnelle zu orientieren. Auf der gegenüberliegenden Seite ist eine Tür. Durch die schmutzigen Scheiben schimmert das Licht der Straßenbeleuchtung. Sie rennt auf die Tür zu. Bleibt kurz stehen und versucht, zu erkennen, ob draußen jemand ist. Da sie nichts sehen kann, öffnet sie vorsichtig die Tür, späht hinaus und tritt nach draußen.

Im Schutz der Dunkelheit läuft sie jetzt nach links, um sich weiter von der Wohnung und dem Wohnblock zu entfernen. Sie ist schon völlig außer Puste und die Lunge pfeift förmlich, aber sie zwingt sich, weiterzulaufen. Sie muss hier weg. In eine belebte Gegend, damit sie sich dort verstecken kann.

Sie läuft und läuft. Die dunklen Straßen hören auf und sie sieht eine stark befahrene Straße. Auf der anderen Seite sieht sie Geschäfte und den Boulevardbereich.

Da muss ich hin, denkt sie. Sie steuert auf die nächste Fußgängerampel zu, die in ihrer Nähe ist. Laut keuchend hält sie sich an der Ampel fest. Jetzt erst traut sie sich, einen Blick nach hinten zu werfen. Sie kneift die Augen zu und versucht im Dunkel, etwas auszumachen. Nichts zu sehen, denkt sie.

Die Ampel schaltet auf Grün und sie versucht, so normal wie möglich die Straße zu überqueren. Falls jemand sie beobachtet, würde es auffallen, wenn sie laufen würde. Auf der anderen Straßenseite geht sie im dichten Gedränge der Passanten einfach weiter. Sie schaut sich nicht um, ihr Herz klopft und sie zittert am ganzen Körper. Sie möchte sich gerne etwas ausruhen, kann hier aber noch nirgends bleiben. Es ist noch zu dicht. Sie muss weiter. Sie hat keine Ahnung, wo sie sich befindet. Das spielt für sie im Moment auch keine so große Rolle. Hauptsache von diesen Typen weg. Sie klammert ihre Handtasche an sich und geht zügig vorwärts. Immer wo sich die Gelegenheit bietet, biegt sie in andere Straßen ein und legt somit einen Zick-Zack-Kurs ein. Der Boulevardbereich endet und sie befindet sich an einer Straße.

Hier wartet sie einen Augenblick und beobachtet die Fahrzeuge. Die Taxis fahren hier wie immer und halten Ausschau nach Fahrgästen. Sie winkt ein Taxi heran, das gerade frei wird. Das ist das Sicherste, denkt sie. Sie steigt ein und sagt dem Fahrer, dass sie zum Flughafen möchte.

Jetzt erst fällt die Anspannung ein klein wenig von ihr ab und sie merkt, dass sie völlig am Ende ist. Die Tränen laufen ihr über das Gesicht und sie hält ihre Tasche fest umklammert.

Das ist alles, was ihr jetzt noch geblieben ist. Der Koffer ist bei den Typen geblieben. Sie lässt den Tränen freien Lauf. Es ist ihr egal, was der Taxifahrer denkt. Die Tränen helfen ihr über das Geschehene hinwegzukommen. Als in einiger Entfernung das Flughafengebäude auftaucht, wird Tina wieder unruhig.

Diese Typen wissen genau, dass sie zum Flughafen will. Das macht ihr Sorgen. Sie können sie dort überall abfangen. Außerdem ist ihr Flug schon weg. Sie muss versuchen, am Schalter umzubuchen. Erst wenn sie im Transitbereich ist, ist sie wahrscheinlich wieder in Sicherheit. Sie lässt sich zum Abflugterminal fahren, bezahlt und steigt aus. Ohne nach links und rechts zu schauen, betritt sie das Flughafengebäude und sucht den Ticketschalter.

Die Gesichter dieser Typen hat sie sich genau eingeprägt. Sie versucht, die Menschen um sich herum im Auge zu behalten. Gleichzeitig steuert sie auf den Ticketschalter zu.

Nach einer endlos langen Diskussion mit der Schalterangestellten kann sie endlich einen neuen

Flug buchen. Sie hat ihr einige Vorwürfe gemacht, dass die andere Maschine mit Verspätung losgeflogen ist, da sie ja schon eingecheckt hatte und man nun vergeblich noch auf sie gewartet hat.

Toll, dachte Tina. Als wenn nicht schon genug passiert wäre, nun muss sie sich hier auch noch anmeckern lassen. Aber sie sagt nichts dazu und ist froh über die Umbuchung. Es kostet zwar wieder extra, aber das spielt für Tina im Moment keine Rolle. Sie will und muss hier unbedingt weg.

Der von ihr jetzt gebuchte Flug geht erst in acht Stunden. So lange muss sie noch aushalten.

Sie geht jetzt gleich zur Sicherheitskontrolle und betritt erleichtert den Bereich für die abfliegenden Passagiere. Hierher wird ihr wohl niemand folgen können.

In einem Shop kauft sie sich in kleinen Abpackungen Waschzeug und eine Zahnbürste. Sie fühlt sich schrecklich und muss erstmal duschen. Auf dem Weg zum Waschraum bemerkt sie, wie müde und hungrig sie ist.

Die heiße Dusche tat ihrem Körper und ihrer Seele gut. Die Sachen sind zwar etwas verschwitzt, aber damit muss sie jetzt leben. Ganz in der Nähe ist ein kleines niedliches Restaurant.

Da setzt sie sich hin und wird erstmal richtig gut essen. Danach wird sie sich ein ruhiges Plätzchen suchen und versuchen, etwas zu schlafen.

27

Sie hatte es sich auf einem Sessel bequem gemacht und ist sofort eingeschlafen. Als sie aus dem Schlaf hochschreckte und auf die Uhr sah, stellte sie fest, dass sie tatsächlich fast sechs Stunden geschlafen hat.

Sie beobachtet ihre Umgebung genau, kann aber nichts Auffälliges feststellen. So langsam kommt wieder etwas Ruhe in ihr Innenleben. Sie kauft sich noch etwas Wasser zum trinken und setzte sich in ein Cafe und bestellt einen Milchkaffee.

Sie holt den Laptop aus der Tasche und sieht nach ihren Mails. Es war nichts Besonderes gekommen. Wichtig war ihr, Fritz über alles zu informieren. So gut es ging, ohne das er sofort Himmel und Hölle in Bewegung setzen will, versucht Tina, ihm ziemlich vorsichtig die Dinge zu schildern, die zwischenzeitlich passiert sind. Sie macht sich jetzt allerdings auch etwas Sorgen, ob sie nicht in Hamburg auch von irgendwelchen Typen schon erwartet wird. Der Auslöser für diese Aktion war mit Sicherheit ihr Besuch in der Bank. Jetzt, wo sie von der Existenz des Schließfaches wissen, gehen sie mit Sicherheit davon aus, dass Tina im Besitz der Smaragde ist. Sie schickt die Mail an Fritz und wartet ab.

Sie lässt den Laptop an. Es ist noch genügend Zeit bis zum Abflug, die sie bestimmt in diesem Cafe verbringen wird.

Es dauert gar nicht lange, bis sich Fritz meldet. Wie nicht anders zu erwarten, macht er ihr nur Vorwürfe. Damit muss Tina jetzt leben. Viel interessanter wird es, als er endlich mit dem Schimpfen aufhört und ihr mitteilt, was er inzwischen alles erfahren hat. Hermann hat tatsächlich irgendeinen Kontakt zu Phelippe. Sie haben sich vor kurzem in Schwerin getroffen. Worum es ging, konnte Fritz leider nicht herausfinden. Am Ende des Gespräches schob Phelippe einen braunen Briefumschlag zu Hermann über den Tisch. Jetzt lässt Fritz das Konto von Hermann überwachen, ob in nächster Zeit wieder ein größerer Geldbetrag eingezahlt wird.

Sie möchte von ihm wissen, ob die Rückfahrt von Hamburg mit dem Auto für sie gefährlich werden könnte. Es dauert nicht lange und ihr Handy klingelt. Sie sieht die Nummer von Fritz.

„Hallo Fritz", meldet sie sich.

„Hallo Tina, du machst mir ja Spaß. Durch diese ganze Sache hast du dich unnötig in Gefahr gebracht, das ist dir doch hoffentlich klar."

Sie wusste, dass er Recht hat, und bereute auch schon vieles. „Du hast Recht, aber es ist trotzdem schön deine Stimme zu hören."

„Wenn du in Hamburg ankommst, bleibst du noch solange hinter dem Ausgang stehen, bis ich dir eine WhatsApp schicke, dass du rauskommen kannst. Dann fahren wir gemeinsam mit deinem Wagen nach Wismar und ich bringe dich persönlich nach

Hause. Mit den Typen ist nicht zu spaßen. Das hast du ja nun selber in Bogota erlebt. Ein Wunder, das du doch so einfach entkommen konntest. Da haben die wirklich gepennt. Aber jetzt versuche, dich unterwegs zu erholen. Wir besprechen dann alles zu Hause. Pass auf deine Umgebung auf und sei vorsichtig."

Tina versprach es und dankte ihm für alles.

Nach dem Telefonat war sie sichtlich erleichtert. Sie sah nochmal nach Mails und wollte dann den Laptop ausschalten. Sie traute ihren Augen nicht.

Hermann hat ihr eine Mail geschrieben.

Hallo Tina, wie läuft es denn in Kolumbien? Wie war es in Medellin? Hoffentlich erholst du dich auch ein bisschen. Ich freue mich schon, wenn du wieder in Wismar bist. Wenn es dir recht ist, dann können wir uns ja nach deiner Ankunft mal treffen. Soll ich dich eventuell vom Flugplatz abholen? Du bist doch bestimmt kaputt und müde durch die Zeitverschiebung. Kannst dich ja mal melden. Viele Grüße Hermann.

Tina blieb die Spucke weg. So eine Frechheit dachte sie. Spielt mir hier Theater vor und trifft sich mit Phelippe. Er weiß doch sicherlich schon genau, wie es hier gelaufen ist.

Sie ist wütend. Ab liebsten würde sie ihm eine gepfefferte Mail zurückschreiben. Aber das lässt sie lieber sein. Sie ist vorsichtig.

Zum Glück holt Fritz sie in Hamburg ab.

Nun klappt sie den Laptop zu und geht langsam zu ihrem Gate. Das Boarding beginnt in knapp einer halben Stunde und dann kann sie Kolumbien für immer Adieu sagen. Nach allem, was geschehen ist, fällt ihr der Abschied nicht schwer. Nur um Rosa tut es ihr sehr leid. Es war nicht richtig, sie auch in Gefahr zu bringen. Aber das konnte Tina ja vorher nicht wissen.

Das Boarding wird aufgerufen und sie geht erleichtert in das Flugzeug. Pünktlich hebt der Flieger ab und Tina fängt an, sich zu entspannen.

Ihr Zeitgefühl ist durch die Aufregung der Ereignisse völlig durcheinandergeraten. Sie ist innerlich total aufgewühlt, obwohl sie jetzt eigentlich schlafen müsste.

Da fällt ihr wieder der Inhalt des Schließfaches ein. Die anderen Zettel, die da noch drin waren, hatte sie erstmal einfach zur Seite gelegt.

Jetzt nimmt sie die Papiere aus ihrer Tasche und schaut sie sich neugierig an. Sie muss das Wörterbuch zur Hand nehmen. Was über den Papieren stand, kann sie so nicht übersetzen. Schuldschein stand da. Tina ist völlig verwirrt. Wieso sind da Schuldscheine drin gewesen? Sie übersetzt mit Hilfe des Wörterbuches so gut es geht die Texte.

Sie ist verblüfft und schockiert. Sie hält Schuldscheine in den Händen, die ihr Vater von Juan Rodriguez bekommen hat. Das heißt, ihr Vater hat Rodriguez etwas geliehen. Sie traut ihren Augen nicht. Da stehen Geldsummen, dass ihr schwindelig wird. Neben viel Geld geht es auch um Gold und Edelsteine. Außerdem ist von Fotos die Rede, die ihr Vater mit der Rückgabe der Schuldscheine auch an Rodriguez aushändigen muss.

Wo hatte ihr Vater das nur her? Sie versteht nichts mehr. Der letzte Satz ganz unten haut sie glatt um. Da steht eindeutig, schwarz auf weiß, dass die Schuldscheine innerhalb der Familie übertragbar sind. Das haben sie tatsächlich vereinbart.

Plötzlich wird Tina bewusst, dass es wahrscheinlich gar nicht um die Smaragde geht. Juan Rodriguez hat Phelippe offensichtlich vor seinem Tod von den Schuldscheinen erzählt. Das ergibt dann auch Sinn. Die Smaragde sind laut den anderen beiden Schriftstücken durch ihren Vater zurückgegeben worden. Aber er hat Rodriguez Unmengen an Geld, Gold und Edelsteinen geliehen. Wo immer er es auch her hatte.

Nach dem Tod von Rodriguez und ihrem Vater gehen die Schuldscheine, laut Vereinbarung im Text, auf die nächsten Familienangehörigen über. Das würde ja bedeuten, dass Tina diese jetzt bei Phelippe einklagen kann. Deswegen auch sein Interesse an dem Schließfach. Jetzt erscheint Tina alles klar.

Es geht um verdammt viel Geld und Edelsteine. Deswegen möchte er in den Besitz der Schuldscheine kommen. Aber um was für Fotos geht es?

130

Tina lehnt sich in ihrem Sitz zurück und schaut an die Decke. Sorgsam legt sie die Papiere wieder in ihre Tasche. Das ist also des Rätsels Lösung. So lange Rodriguez gelebt hat, war alles gut. Er hat den Mantel des Schweigens über alles gelegt. Dann wollte er seinem Sohn nicht die Schulden überlassen. Er hat ihn wahrscheinlich angefleht, die Schuldscheine zu finden und zu vernichten. Hätte er nichts gesagt, wäre es niemals ans Licht gekommen.

Das wiederum kann Tina nicht verstehen. Die Freunde ihres Vaters mussten sterben. Ihr trachtet man auch nach dem Leben und alles nur wegen dieser verdammten Schuldscheine?

Warum konnte nicht alles so bleiben, wie es jahrzehntelang war. Sie hätte nie von der Existenz dieser Schuldscheine erfahren. Irgendwann wäre Rosa gestorben, ihr Hausrat würde aufgelöst werden und damit wäre auch der Schließfachschlüssel verschwunden und die Laufzeit des Fachs würde irgendwann auslaufen. Es hätte so einfach sein können.

Aber nun saß sie da, mit Phelippe im Nacken und den Schuldscheinen in der Tasche. Sie will damit gar nichts zu tun haben. Auch auf die Einlösung der Schuldscheine legt sie keinen Wert.

Wenn sie sich die Beträge und Mengen ansieht, kann es nicht mit rechten Dingen zugegangen sein. Ihre Eltern hatten nie so viel Geld und Edelsteine. Das geht gar nicht. In was für dunkle Machenschaften war ihr Vater nur verstrickt.

Dieser ganze Umstand macht Tina sehr traurig. Irgendwie passt das für sie alles nicht zusammen. Was ist damals nur geschehen. Selbst der Cousin von Phelippe wusste offenbar nichts von den Schuldscheinen. Rodriguez hat dieses Geheimnis bis zu seinem Tod für sich behalten. Hätte er es nur mit ins Grab genommen. Das wäre für alle besser gewesen.

Und was hat Hermann damit zu tun? Welche Rolle spielt er?

Ich muss unbedingt mit Fritz reden, denkt Tina.

28

Nach einem kurzen Zwischenstopp in Madrid landet die Maschine pünktlich in Hamburg. Von Madrid bis Hamburg konnte Tina etwas schlafen. Das tat ihr gut. Trotzdem fühlt sie sich ausgelaugt.

Sie geht, wie alle anderen Passagiere Richtung Gepäckausgabe, kann dort aber gleich Richtung Ausgang gehen, da ihr Koffer ja in Bogota bei den Typen geblieben ist.

Zum Glück ist ihr ihre Handtasche geblieben. Da ist alles Wichtige drin. Auf die Klamotten kann sie auch verzichten. Viel wichtiger ist, heil und gesund wieder zu Hause zu sein.

Sie bleibt, wie mit Fritz vereinbart, in der Höhe des Ausgangs stehen und wartet auf seine WhatsApp. Nun mach schon, denkt sie. Sie will hier weg und nach Hause, zu Puschel.

Nach ungefähr einer Viertelstunde wird sie unruhig, hoffentlich ist nichts passiert, denkt Tina. Sie schaut nervös auf ihr Handy. Geschlagene zehn Minuten später kommt eine WhatsApp von Fritz.

Bin jetzt da, gehe hinter dem Ausgang bitte gleich nach links.

Sie atmet erleichtert auf und geht zum Ausgang. Die Automatiktür öffnet sich und sie geht gleich links herum.

Da sieht sie Fritz mit ernster Miene stehen. Als er sie sieht, hellt sich sein Gesicht auf. Sie geht auf ihn zu und sie umarmen sich erleichtert.

„Mein Gott, was machst du nur für Sachen", sagt er, mit ernstem Blick.

„Du weißt, dass du sehr leichtsinnig wahrst?"

„Ja, es tut mir leid. Aber dafür habe ich sehr Interessantes erfahren.", antwortet Tina.

„Lass uns zu deinem Wagen gehen. Wir reden später", sagt Fritz und schiebt Tina Richtung Ausgang.

„Wie bist du hergekommen?", fragt Tina.

„Ein Mitarbeiter von mir hat mich hergefahren. Er wartet an der Ausfahrt und wird hinter uns bleiben. Sicher ist sicher. Ich traue den Leuten nicht über den Weg. Dafür ist in letzter Zeit zu viel passiert. Wo ist eigentlich dein Gepäck?"

Bei dem Gedanken daran schauerte es sie.

„Das konnte ich schlecht mitnehmen, es musste schnell gehen", versuchte Tina zu witzeln. Aber es gelang ihr nicht.

Fritz sah sie sehr ernst an.

„Du weißt, dass es sehr gefährlich war? Sie hätten dich verschleppen können. Schlimmstenfalls sogar töten. Kein Mensch hätte dich jemals dort gefunden."

Sie schluckte. Sie wusste nur zu gut, dass er Recht hatte. Den Wagen hatten sie schnell erreicht.

„Ich fahre", sagte Fritz. „Gib mir bitte die Wagenschlüssel."

Das war Tina nur Recht, sie war viel zu erschöpft. Kaum das sie im Auto saß und sich neben Fritz in Sicherheit fühlte, fielen ihr die Augen zu und sie schlief tief und fest. Erst durch das vorsichtige Anstoßen an ihren Arm wurde sie wach.

„Hey, aufwachen. Wir sind da.", sagte Fritz.

Sie schlug völlig verwirrt die Augen auf und musste sich erstmal orientieren. Mit Erleichterung stellte sie fest, dass sie vor ihrem Haus standen.

„Ich bringe dich noch rein", sagte Fritz.

Sie suchte ihn ihrer Handtasche nach dem Schlüssel, gab ihn Fritz und folgte ihm zur Haustür.

„Denk an die Alarmanlage", sagte sie ihm.

Er schloss auf, schaltete unscharf und brachte Tina ins Haus. Tina entfuhr ein Freudenschrei, als sie Puschel sah.

Fritz war erstmal Luft für die beiden.

Es wurde gekuschelt, was das Zeug hielt. Puschel schnurrte in den höchsten Tönen. Nach einiger Zeit sagt Fritz schmunzelnd: „Darf ich euch mal kurz unterbrechen".

„Oh, entschuldige. Ich habe die Kleine so vermisst."

„Ich muss jetzt gehen. Du wirst nach mir die Haustür zuschließen. Auf keinen Fall wirst du die Tür öffnen, wenn es klingelt. Ignoriere es einfach. Egal wer da vor dem Haus steht. Versprichst du es mir?"

Tina sah ihn an und merkte, dass er sich große Sorgen machte.

„Ja natürlich", sagte sie. „Ich habe doch viel zu große Angst."

Er schien beruhigt zu sein. „Wenn du ausgeschlafen hast, dann rufe mich bitte an. Ich komme dann zu dir und wir reden ausführlich, okay?".

Sie nickte artig. Er verabschiedete sich, blieb noch so lange vor der Tür stehen, bis Tina abgeschlossen hatte und ging dann zum Wagen.

Sie rief die Tiernanny an und meldete sich zurück, gab Puschel noch etwas zu fressen und legte sich völlig erschöpft ins Bett. Sie schlief gleich ein.

Durch das Klingeln an ihrer Tür wurde sie wach. Müde blinzelte sie vor sich hin und stellte erleichtert fest, dass sie in ihrem eigenen Bett zu Hause lag. Es klingelte nochmal an der Tür. Sie schreckte hoch und dachte an die Worte von Fritz.

Vorsichtig stand sie auf und schlich zum Fenster. Sie sah vor dem Haus Hermann stehen. Schnell trat sie vom Fenster zurück und blieb regungslos stehen. Bloß nicht aufmachen, dachte sie.

Gedankenverloren ging Tina ins Badezimmer und duschte. Was wollte er nur von ihr? Warum trifft er sich mit Phelippe? All das konnte sie sich nicht erklären. Nachdem sie mit duschen fertig war, sah sie in ihren Kühlschrank und musste feststellen, dass es nicht viel Brauchbares darin gab.

Sie rief Fritz an und fragte ihn, ob er nicht auf dem Weg zu ihr etwas zu essen mitbringen kann. Kurz bevor er da war, schickte er ihr eine WhatsApp, damit sie sicher sein konnte, dass er vor der Tür steht.

Sie öffnete ihm und er brachte reichlich zu essen mit.

„Hallo Tina", begrüßte er sie. „Hast du gut geschlafen?"

Sie lächelte und sagte: „Es geht mir jetzt schon viel besser."

Sie gingen in die Küche und Tina kochte für beide einen großen Pott Kaffee. Inzwischen breitete Fritz auf dem Esszimmertisch das Essen aus. Es duftete köstlich und Tina spürte ihren Hunger. Mit dem Kaffee bewaffnet, betrat sie das Esszimmer und beide setzten sich.

„Also dann erzähl mal, was du herausgefunden hast und wofür du dein Leben aufs Spiel setzen wolltest", quetschte Fritz zwischen den Bissen hervor.

Tina aß etwas, um den größten Hunger zu stillen und begann ihm zu erzählen.

„Das ich Rosa getroffen habe und von ihr den Schließfachschlüssel erhalten habe, weißt du ja schon. Der Inhalt des Schließfaches war sehr interessant. Außer dem Schmuck und den zwei Übergabezetteln waren da noch Schuldscheine drin. Da geht es um viel Geld, Edelsteine und es ist die Rede von Fotos, die mein Vater Juan Rodriguez geben sollte, wenn er die Schuldscheine wieder einlöst. Fotos waren aber nicht in dem Schließfach. Laut der beiden Protokolle muss mein Vater ihm die Smaragde wieder gegeben haben. Außer der eine, den er vielleicht als Andenken aufbewahrt hat. Ich weiß es nicht. Auf alle Fälle ist der eine kleine Smaragd noch da. Aber um den geht es bestimmt nicht. Wenn es alles stimmt, was mir sein Cousin erzählt hat, dann hofft Phelippe wirklich, dass ich etwas über den Verbleib der Smaragde weiß und ihn zu den Steinen führen kann."

Während Tina das alles erzählte, hörte Fritz ihr kauend aufmerksam zu.

„Das klingt alles ganz logisch, aber ich verstehe nicht, welche Rolle Hermann dabei spielt", sagte Fritz.

Tina schaute ihn über den Rand ihrer Kaffeetasse an und sagte: „Genau das verstehe ich auch nicht. Übrigens war er heute hier. Er hat mich aus dem Schlaf geklingelt. Keine Angst, ich habe ihm nicht aufgemacht", fügte sie gleich hinzu, nachdem sie seinen erschrockenen Blick gesehen hatte.

„Tja, wie soll es jetzt weitergehen", fragte Tina.

Fritz zuckte mit den Schultern.

„Du bleibst auf alle Fälle die nächste Zeit hier zu Hause. Das Büro muss warten. Von mir aus arbeite von hier, aber in die Stadt gehst du nicht. Ich werde versuchen, herauszufinden, in welcher Beziehung Phelippe zu Hermann steht. Es muss eine Verbindung geben. Aber das überlässt du bitte mir."

Er sagte das, mit einem gewissen Nachdruck in der Stimme, die Tina gleich wieder an die Ereignisse in Bogota erinnerte.

„Du hast ja Recht, aber ich kann doch nicht so untätig hier im Haus rumsitzen."

„Doch, das kannst und musst du", antwortete Fritz ihr. „Du hast dich schon genug in unnötige Gefahr begeben. Damit ist jetzt Schluss. Ich weiß jetzt, dass an der ganzen Sache etwas dran ist, und werde mich darum kümmern. Aber du musst die Füße stillhalten. Versprich es mir."

Tina nickte, was blieb ihr auch anders übrig. Sie aßen schweigend zu Ende und Fritz verabschiedete sich von Tina.

„Denk an die Alarmanlage. Meine Telefonnummer hast du auch und lass keinen rein. Wenn du einkaufen willst, sag mir Bescheid, dann erledigen wir es zusammen, okay."

Tina seufzte und sagte: „Okay Boss."

Sie mussten beide lachen.

„Pass auf dich auf, ich melde mich bei dir."

Damit ging Fritz aus dem Haus.

29

Tina nahm die Papiere, die sie dem Schließfach in Bogota entnommen hatte, fotografierte sie mit ihrem Handy und schickte sie an ihre eigene Mail Adresse. Zusätzlich scannte sie alles noch ein und speicherte die Dokumente auf ihrem PC. Danach verstaute sie alles, gemeinsam mit dem Schmuck, in ihrem kleinen Schranksafe. Nun fühlte sie sich schon wohler.

Es klingelte wieder an ihrer Haustür. Sie schlich zum Fenster und sah hinaus. Vor der Tür stand Hermann. Das kann doch nicht wahr sein, dachte sie. Was will er denn immer von mir. Am liebsten hätte sie die Tür geöffnet und ihn danach gefragt. Aber solange sie nicht weiß, in welcher Verbindung er zu Phelippe steht, geht das natürlich nicht.

Sie ging wieder ins Arbeitszimmer zu ihrem PC und versuchte sich, abzulenken. Es war inzwischen 18.00 Uhr. Sie gab Puschel zu fressen. Danach überwies sie der Tier Nanny den ausgemachten Betrag, den sie ihr per Mail geschickt hatte.

Von dem üppigen Essen, das Fritz mitgebracht hatte, war noch reichlich übrig. Sie aß noch ein wenig und legte sich auf Couch. Ihre Gedanken kreisten um die Ereignisse der letzten Wochen und Monate. Es gab zu viele Fragen, auf die sie trotz allem noch keine Antwort hatte. Im Fernsehen kam auch nur Mist und sie ging ins Bett. Durch die

Zeitverschiebung mit Kolumbien bekam Tina kein Auge zu.

Am nächsten Morgen stand Tina wie gewohnt auf. Da sie nicht ins Büro gehen sollte, versuchte sie, so gut es ging, alles von zu Hause aus zu regeln. Gegen 11.45 Uhr blinkte eine Mailbenachrichtigung auf.

Hermann hatte ihr eine Mail geschickt. Er bat sie, um 17.00 Uhr in das Hotel Am Alten Hafen und dort ins Zimmer 14 zu kommen. Er müsse ihr dringend etwas Wichtiges mitteilen. Als Letztes schrieb er noch, komm bitte, es ist wichtig für mich.

Tina war äußerst verwirrt. Sie wusste nicht, wie sie das verstehen sollte. Er hatte schon zweimal versucht, sie zu Hause zu erreichen. Jetzt bittet er sie, zu dem Treffen unbedingt zu erscheinen.

Es sind noch gut fünf Stunden Zeit, denkt Tina. Was soll ich nur machen. Sie wollte sich nicht in Gefahr begeben, aber was Hermann von bewegte beziehungsweise was er ihr mitteilen wollte, das interessierte sie schon sehr.

Entgegen allen Warnungen von Fritz entschied sie sich, zu dem vereinbarten Termin zu gehen. Sie hat sich die Entscheidung nicht leicht gemacht. Aber ihr Interesse war einfach zu groß, um diese Chance nicht zu nutzen.

Sie war sich bewusst, dass es unter Umständen auch gefährlich werden konnte. Aber hier war sie zu Hause. Hier kannte sie sich aus. Nicht so wie in Bogota.

Das beruhigte Tina ein wenig. Auch wenn Fritz dafür kein Verständnis aufbringen würde. Vermutlich hat er auch Recht.

Die fast fünf Stunden zogen sich unendlich hin. Aufgrund der Jahreszeit war es noch hell draußen. Trotzdem zog sich Tina dunkle Kleidung an. Sie wusste ja nicht, wann sie wieder zurückkommt. Da ist es dann vielleicht besser im Schutz der Dunkelheit unter zu gehen.

Damit sie sich besser bewegen konnte und mehr Armfreiheit hatte, nahm sie statt der Handtasche ihren kleinen Rucksack. Dort tat sie nur die notwendigen Utensilien wie Kreditkarte, Geld, Handy und Ladekabel hinein. Sie vergewisserte sich mit einem Blick auf die Straße, dass dort niemand ist. Den dunkelgrauen Mercedes hatte sie seit ihrer Ankunft in Wismar bisher nicht mehr gesehen. Trotzdem verschwand sie aus dem Haus durch die Hintertür. Sie ging durch die Waschküche, öffnete die Tür, schaltete die Alarmanlage scharf und schloss die Tür hinter sich.

Mit klopfendem Herzen stand sie nun hinter ihrem Haus. Sie wusste genau, dass es nicht richtig war, was sie tut. Aber die Ungewissheit machte sie nur noch verrückter.

Was wollte Hermann von ihr und was musste er ihr unbedingt mitteilen? Sie wollte es wissen.

Mit gezielt schnellen Schritten verschwand sie durch den Garten im Hinterhof und schlich sich durch die Gärten der angrenzenden Reihenhäuser.

Sie mied die Hauptstraße und schlug den Weg über die Goethestraße und den Turnerweg ein. Vorbei an der Hanse Sektkellerei ging sie durch die Kleinschmiedestraße und die Grüne Straße auf die Marienkirche zu. Von dort geht sie durch die kleinen Gassen der Altstadt Richtung Hafen zum Hotel Am Alten Hafen.

Ab und zu sah sie sich um, ob ihr auch niemand folgte. Sie konnte keinen sehen, was aber auch nicht heißen musste, dass ihr wirklich niemand folgte. Dessen war sich Tina sehr wohl bewusst.

Sie stand vor dem Hotel, sog die angenehme abendliche Luft vom Hafen in sich auf und überlegte, warum Hermann diesen Treffpunkt gewählt hat. Aber nichts und niemand konnte sie jetzt noch davon abhalten, sich mit Hermann zu treffen. Sie wollte unbedingt wissen, was er ihr zu sagen hatte.

Innerlich von Zweifeln geplagt und doch motiviert ging sie in das Hotel. Sie grüßte freundlich und verschwand sofort in dem Gang zu den Zimmern. Sie suchte die Nr. 14 und klopfte an. Es antwortete niemand und sie stand unschlüssig vor der Tür. Auf ihr nochmaliges Klopfen folgte wieder nur Stille. Nun nahm sie all ihren Mut zusammen und drückte die Türklinke herunter.

Diese gab nach und die Tür ging auf. Vorsichtig stieß Tina die Tür nach innen auf und blieb auf der Türschwelle stehen. Vor ihr sah sie ein kleines Zimmer mit Doppelbett, Nachtschrank und einer

Minibar. Sie trat in das Zimmer und schloss die Tür hinter sich. Mit vorsichtigen Schritten näherte sie sich dem Bett. Auf der linken Seite führte eine Tür in das Bad. Sie blieb zögernd davor stehen und vergewisserte sich, dass sich niemand in dem Zimmer befand. Erst dann drückte sie vorsichtig gegen die Badezimmertür und schob sie langsam auf.

Der Anblick, der sich ihr bot, löste genau den Würgereiz aus, den sie schon damals hatte, als ihr die Briefe mit den Todesanzeigen der Kollegen ihres Vaters in den Briefkasten geworfen wurden.

Sie sah Hermann in der Badewanne liegen. Ihren Schrei konnte sie gerade noch unterdrücken. Sie presste sich die Hand vor den Mund und zitterte am ganzen Körper. Das Wasser füllte bis zu dreiviertel die Badewanne. Hermann war vollständig bekleidet und lag mit offenem Mund in der Wanne. Äußerlich waren keine Wunden zu erkennen. Es bestand für sie kein Zweifel. Hermann war tot. Zitternd vor Angst und Wut begab sich Tina hinaus in den Flur vor dem Zimmer. Der Angstschweiß trat ihr auf die Stirn und ihr wurde ganz schwindelig. Sie hielt sich an der Wand fest.

Nur schnell weg hier, bevor mich noch jemand sieht, dachte Tina. Um sich nicht verdächtig zu machen, ging sie mit möglichst unauffälligem Tempo die Treppe hinunter, quälte sich an der Rezeption ein Lächeln raus und ging auf die Straße.

143

So schnell sie konnte, lief sie nach links Richtung Lohberg. Im Wassertor lehnte sie sich an das Mauerwerk und weinte.

Egal, was er vielleicht getan hat, so etwas hat niemand verdient. Was sind das nur für Menschen, dachte sie. Es bestand für Tina kein Zweifel, dass Phelippe dahinter steckt. Hier kann sie nicht stehen bleiben. Sie nimmt wieder den Weg durch die kleinen Straßen und läuft, so schnell sie kann, nach Hause.

Dort angekommen, verschließt sie sorgsam alle Türen und zieht die Jalousien der Fenster zu. Sie setzt sich an den Tisch, ihr Gesicht in den Händen und weint bitterlich.

Verstehen kann sie das alles nicht. Nachdem sie sich etwas beruhigt hat, ruft sie Fritz an. Er wird ihr zwar wieder eine gehörige Standpauke halten, aber sie muss es ihm erzählen. Nach dem Telefonat ist sie etwas beruhigter.

30

Seit Tagen grübelt Tina, was Hermann ihr wohl sagen wollte. Es muss für ihn sehr wichtig gewesen sein, sonst hätte er nicht so darauf gedrungen, dass sie unbedingt kommen solle.

Musste er wegen ihr sterben? Der Gedanke daran war für Tina schrecklich. Sie muss etwas tun und kann nicht länger nur rumsitzen und abwarten. Heute will sie die Redaktion aufsuchen, für die

Hermann gearbeitet hat. Vielleicht kann sie da etwas erfahren.

Sie zieht sich an und fährt mit dem Wagen in die Stadt. Sie hat Glück und kann ihr Auto auf dem Marktplatz parken. Das kurze Stück bis zur Redaktion in der Mecklenburger Straße geht sie rasch zu Fuß. Sie steht vor der Tür und überlegt, wie sie seinen Kollegen klar machen kann, was sie hier will.

Egal, denkt sie, ich versuche es irgendwie. Im schlimmsten Fall schicken sie mich einfach wieder weg. Also was soll es. Sie geht hinein und steuert auf den Tresen zu.

„Guten Tag. Ich bin Tina Walter und hatte in der letzten Zeit einiges mit Herrn Krause zu tun. Könnte ich vielleicht mit jemandem sprechen, der mit ihm zusammengearbeitet hat?"

Sie versucht, das alles so ruhig wie möglich zu sagen, aber innerlich vibrierte alles. Sie konnte es immer noch nicht glauben, dass er wirklich tot ist.

Die nette Dame hinter dem Tresen antwortete ihr: „Einen kleinen Moment bitte, ich hole jemanden".

Sie geht die Treppe hoch und verschwindet in einem der Zimmer. Tina wartete geduldig und hofft nur, dass sie irgendetwas erfahren kann.

In Begleitung der netten Dame kommt eine Frau die Treppe herunter.

Sie hält Tina die Hand hin und sagt: „Ich bin Doris. Ich habe mit Hermann zusammengearbeitet. Wir können hochgehen in unser Büro."

Tina gibt ihr erleichtert die Hand und die beiden Frauen gehen nach oben. Doris hält Tina die Tür auf und sie treten ein.

„Das ist der Schreibtisch von Hermann", sagte Doris und zeigt auf den rechten der beiden Schreibtische, die sich in dem Zimmer befinden.

„Setzen sie sich ruhig", fordert Doris Tina auf.

Nun sitzen sich beide Frauen gegenüber und schauten sich an. Tinas Blick gleitet über den Schreibtisch und bleibt dann wieder an Doris hängen.

„Es tut mir leid, was mit Hermann passiert ist", sagt Tina und versuchte so, das Eis zu brechen, um Zugang zu Doris zu erhalten.

„Ja, wir sind hier in der Redaktion alle entsetzt. Er war ein sehr beliebter Mitarbeiter und vor allem auch sehr ehrgeizig und gut in seinem Beruf."

Sie seufzte und lässt sich in ihrem Stuhl nach hinten fallen. „Wir haben in letzter Zeit nicht mehr so viel an gemeinsamen Projekten gearbeitet. Es wurde hier etwas umstrukturiert und die Aufgaben anders aufgeteilt. Dadurch hatte jeder von uns mehr seine eigenen Bereiche. Ich habe nur am Rande mitbekommen, woran er gearbeitet hat."

Während Doris das sagte, suchte Tina mit den Augen den Schreibtisch ab, um eventuell irgendetwas zu finden, was ihn mit ihr verbindet oder in irgendeiner Form interessant sein könnte.

146

Ihr Blick bleibt auf einem Speicherstick hängen, der etwas seitlich von der Schreibtischunterlage liegt. Ob er wohl nützliche Informationen enthielt?

Freundlich lächelnd sagt sie zu Doris: „Ich heiße übrigens Tina."

Doris lächelt sie freundlich an. Sie erzählt weiter über ihre Zusammenarbeit mit Hermann.

Während Doris erzählt, zieht Tina die Packung Tempos aus ihrer Handtasche, nimmt sich ein Taschentuch raus und legt die Packung auf den Schreibtisch. Genau auf den Stick.

Sie putzt sich die Nase und steckt das Taschentuch ein. Die Packung Tempos nimmt sie vom Tisch, den Stick darunter packt sie geschickt gleich mit in ihre Tasche.

Erleichtert blickt sie Doris an und hörte ihr weiter zu.

„In letzter Zeit war Hermann manchmal sehr verschlossen. So kannte ich ihn eigentlich nicht. Ich hatte den Eindruck, dass er sich mit Beginn der Arbeiten an dem Lateinamerika-Projekt verändert hatte."

Als Doris das sagte, wurde Tina hellhörig. Lateinamerika-Projekt? Tina musste sofort an Kolumbien denken. Vorsichtig fragte sie Doris: „Worum ging es bei dem Lateinamerika-Projekt?"

„Im Zuge der Fußball WM in Brasilien kochte das Thema Kinderprostitution mal wieder richtig hoch. Wir wurden beauftragt, Recherchen über dieses Thema in Lateinamerika zu machen. Viele

Familien setzen ihre Kinder unter Druck, um damit Geld zu machen. Andere Familien gelangten in die Hände der Mafia und werden so gezwungen, ihre Kinder in diesen Kreisen anzubieten. Es ist ein schreckliches Thema, was gerne totgeschwiegen wird. Vor allem am Rande dieses Fußball-Ereignisses. Auch die Fifa schweigt dazu, obwohl ihnen das Problem bekannt ist. Außerdem ging es um den Bericht einer unabhängigen historischen Kommission, die allein in den Jahren 2003 bis 2007 in Kolumbien 54 Fälle von Kindesmissbrauch durch US Amerikaner nachweisen konnte. Die US-Soldaten und Söldner missbrauchten ihre minderjährigen Opfer in der Militärbasis, machten Videoaufnahmen und Fotos davon und verkauften sie später als kinderpornografisches Material. Um die Opfer willenlos zu machen, wurden ihnen nicht selten Drogen verabreicht. Man darf gar nicht darüber nachdenken, welche gesundheitlichen und psychischen Schäden die meisten von ihnen davongetragen haben. Und dieses Thema ist leider weiterhin brandaktuell. Hermann hatte sich hauptsächlich damit beschäftigt. Er hatte sich da so reingesteigert, dass er tatsächlich bis in die 70er Jahre mit den Nachforschungen zurückgegangen ist. Irgendwann sagte er mir mal, dass es unglaublich ist, was die Menschen alles so machen. Ob er da auf etwas Bestimmtes angespielt hat, das weiß ich nicht. Aber dieses Thema hat ihn sehr mitgenommen, das habe ich gemerkt."

Doris schien dieses Thema auch sehr zu beschäftigen. All diese Fakten sprudelten förmlich aus ihr heraus. Tina überlegte, ob sie Doris gezielt auf Medellin ansprechen sollte. Sie ließ es aber lieber sein.

„Wie bist du an Hermann geraten", fragte Doris.

Mist, dachte Tina. Rasch antwortete sie.

„Er war mal bei mir im Büro und hat sich nach diversen Schreibarbeiten erkundigt. Danach haben wir uns dann hin und wieder mal getroffen."

Das gefiel Tina nicht, sie log nicht gern. Aber in diesem Fall musste es sein. Doris schien keinen Verdacht zu schöpfen.

„Wir haben das Projekt jetzt erstmal auf Eis gelegt", sprach Doris weiter. „Es ist einfach zu umfangreich und komplex. Da muss sich irgendwann mal ein anderer Mitarbeiter einarbeiten. Aber im Moment haben wir alle Hände voll zu tun und niemand kann sich darum kümmern. Beenden werden wir es aber. Schon allein für Hermann müssen wir das tun. Das sind wir ihm schuldig."

Das klang für Tina fast wie ein Abschlusssatz und sie merkte, dass Doris nichts mehr sagen wollte.

„Ich danke dir für das nette Gespräch", sagte Tina.

Sie kam sich jetzt etwas schlecht vor wegen dem Stick, aber sie hoffte, darauf etwas zu finden, was Hermann ihr sagen wollte.

Freundlich verabschiedete sie sich von Doris und ging zu ihrem Wagen. Sie fuhr nach Hause und brannte darauf, den Inhalt des Sticks auf ihrem PC anzuschauen. Sie kannte Hermann nicht weiter. Nur durch ihre Treffen. Sie wusste nichts von seiner Arbeit, von seinem Arbeitsstil, einfach nichts. In der Redaktion scheint er beliebt gewesen zu sein. Sie schätzten seine Arbeit offensichtlich sehr.

Tina hielt den Stick in der Hand und zögerte. Sie war dabei, in Dingen umher zu schnüffeln, die sie eigentlich nichts angehen. Das war nicht richtig.

Trotzdem steckte sie den Stick in den PC und wartete darauf, dass er sich öffnete. Mit klopfendem Herzen sieht sie gespannt auf den Bildschirm.

Es waren viele Ordner auf dem Stick. Das wird je ewig dauern, bis sie die alle gesichtet hat. Aber sie wollte es ja so. Nach den Dateinamen zu urteilen, handelte es sich tatsächlich um das Lateinamerika-Projekt. Zwei Dateien enthielten andere Projekte.

Für die interessierte sich Tina im Moment noch nicht. Sie wollte erstmal mehr über die Lateinamerika Sache herausfinden. Nach dem Öffnen des Ordners Brasilien kamen viele Unterordner zum Vorschein. Diese waren gegliedert in Zeitungsberichte, die eingescannt waren, in Interviews mit betroffenen und eigenen Recherchen. Alle anderen Ordner hatte Hermann im Groben auch so unterteilt.

Das erleichterte Tina die Suche ein wenig. Es war alles sehr gründlich abgelegt. Sie öffnete die verschiedensten Ordner, konnte aber bisher nichts sehen, was ihr wichtig erschien.

Eine Fülle von Informationen strömte auf sie ein. Daher beschloss sie, erstmal Pause zu machen, und ging hinunter in die Küche und kochte sich einen Kaffee.

Puschel streifte laut schnurrend um ihre Beine. Sie musste lächeln. Während sie den Kaffee umrührte, musste sie an Rosa denken. Seit sie aus Kolumbien weg ist, hat sie nicht mehr mit Rosa gesprochen. Hoffentlich geht es ihr gut. Vielleicht sollte sie Rosa mal anrufen.

Mit ihrer Kaffeetasse in der Hand ging Tina wieder nach oben ins Arbeitszimmer. Sie setzte sich an ihren Laptop und schaute wieder auf den Inhalt des Sticks. Gut die Hälfte der Dateiordner hatte sie schon gesichtet. Alle anderen versuchte sie, nach dem Namen zu deuten. Ihr Blick blieb auf einem Ordner hängen, der Esmeralda hieß.

Sie öffnete ihn und fand eine große Anzahl an Unterordnern. Oh je, dachte Tina. Sie öffnete den Ordner mit dem Namen Zeitungsausschnitte. Auf den ersten Blick waren es bestimmt weit mehr als fünfzig Zeitungsartikel, die hier abgespeichert waren.

Sie klickte einfach irgendeinen an und versuchte, den Inhalt zu erfassen. Es war ein Artikel von 1976 aus der Zeitung El Tiempo. Darin ging es um Kindermissbrauch.

Tina musste ihr Wörterbuch holen, um einige Passagen des Artikels übersetzen zu können. So gut ist ihr Spanisch nun auch wieder nicht. Der Artikel schien sehr allgemein gehalten zu sein und sie konnte nichts Auffälliges finden.

Sie stöberte noch mehrere Artikel durch. Plötzlich las sie über einen Missbrauchsfall, der in Medellin stattgefunden haben soll. Sie öffnete den Ordner und begann mit lesen.

Beim Lesen gefror ihr förmlich das Blut in den Adern und sie konnte nicht glauben, was sie da las. Zu dieser Zeit gab es eine Gruppe US-Soldaten, die sich überwiegend kleine Jungen zu Sexpraktiken bringen ließen. Auch hier wurden Videoaufnahmen und Fotos gemacht. Man konnte es ihnen auch nachweisen, aber aufgrund der Immunität des US-Militärs würde man sie nicht strafrechtlich belangen können. Auch wenn sie in die USA zurückgekehrt sind, ist ihnen nichts passiert. Alles wurde fein säuberlich unter den Teppich gekehrt. Sie musste unbedingt den Ordner mit den Recherchen von Hermann lesen.

Sie blätterte durch das Verzeichnis und fand seinen Rechercheordner.

Neugierig öffnete sie ihn. Auch hier waren noch einige Artikel von Veröffentlichungen gespeichert, aber die interessierten sie im Moment nicht. Seine eigenen Nachforschungen wollte sie lesen. Sie öffnete die Aufzeichnungen von Hermann und las voller Spannung.

Aus diversen Zeitungsberichten und Untersuchungen lässt sich ableiten, dass im Jahr 1976 (sicherlich auch schon davor?) eine Gruppe US-Soldaten in Medellin sich kleine Jungen zu sexuellen Handlungen bringen ließen. Auf die Einzelheiten dessen, was dort geschehen ist, möchte ich hier lieber nicht eingehen. Aus den Berichten ist ersichtlich, dass es sich teilweise immer um die gleichen Jungen handelte. Es wird zum Beispiel von einem Geschäftsmann aus Medellin berichtet, der sein Kind dafür hergegeben hat. (Widerlich) Anscheinend waren Erpressungen der Mafia der Grund, warum er das tat. Der Mann, um den es sich handelt, soll zu der damaligen Zeit auch kein unbeschriebenes Blatt in Kolumbien gewesen sein. Ich muss noch weiter recherchieren, um den Namen der Familie zu ermitteln.

Damit endete diese Aufzeichnung von Hermann. Ihr Kaffee war schon lange kalt. Vor Entsetzen über das Gelesene hat sie den Kaffee völlig vergessen. Sie nimmt sich den nächst folgenden Recherchebericht von Hermann vor. Hier ließt sie nun weiter.

Nach wochenlangem Suchen und Befragungen der Behörden habe ich nun endlich den Namen der Familie ausfindig machen können. Der Mann, der seinem Sohn Derartiges angetan hat, heißt Juan Rodriguez. Sein Sohn heißt Phelippe. Die Männer, die sich damals an Phelippe vergangen haben, gehörten zur US-Basis, die in Medellin stationiert war. Juan Rodriguez hat seinen Sohn regelmäßig zu den Männern in die Basis begleitet. Sie zwangen ihn, während des Missbrauchs, Videoaufnahmen und Fotos von seinem Sohn zu machen.

Weiter kommt Tina mit dem Lesen im Moment nicht.

Sie sitzt fassungslos vor dem Computer und kann das Gelesene nicht glauben.

Die Tränen stehen ihr in den Augen. Sie ist entsetzt. Was haben diese Menschen damals nur getan?

Schlimm genug zu wissen, dass es bis heute nicht aufgehört hat und immer so weiter geht. Ob es das war, was Hermann ihr sagen wollte?

Für heute hat sie genug Schreckliches gelesen. Sie schaltet den Laptop aus, geht duschen und versucht zu schlafen.

31

Am nächsten Morgen steht Tina völlig unausgeschlafen auf. Es besteht für sie kein Zweifel, dass Phelippe damals mit Sicherheit psychische Schäden erlitten hat. Sie hat absolut kein Verständnis für das, was er in jüngster Zeit getan hat. Aber angesichts dessen, was er als Kind durchgemacht hat, empfindet sie dafür auch Mitleid.

Allerdings kann sie noch keinen Zusammenhang zwischen diesen Dingen und ihrem Vater beziehungsweise zu seinen Freunden und Kollegen sehen.

Sie muss die Daten auf dem Stick unbedingt weiter durchforsten. Irgendwo muss es einen Zusammenhang geben.

Sie schiebt den Stick in den PC und klickt beim Inhalt auf das Durchsuchen Symbol und gibt ihren Namen ein.

Vielleicht kommt sie so schneller zum Ziel. Nach ein paar Sekunden erschien im Ergebnisfeld Infos Tina.

Mit Tränen in den Augen liest Tina folgenden Text:

Für den Fall, dass mir etwas zustößt, hoffe ich, dass diese Informationen noch dienlich sein können. Bei meinen Recherchen über Kindesmissbrauch in Lateinamerika bin ich unter anderem auf die Missbrauchsfälle in Kolumbien gestoßen. Aus reinem journalistischem Interesse habe ich mich mit dem Fall aus Medellin beschäftigt. Mit dem Ergebnis, dass ich sogar die geschädigte Familie ausfindig machen konnte. Hier gab es unendlich viele Polizeiberichte und Berichte der Geheimdienste. Ein Sachverhalt hat mich besonders stutzig gemacht, dem ich dann auch nachgegangen bin. Wie aus den Berichten hervorging, musste Juan Rodriguez Videoaufzeichnungen und Fotos machen und damit alles dokumentieren. Ein Teil der Fotos, die er nicht weitergab, versuchte er zu verstecken. Warum er sie nicht vernichtet hat, ist mir allerdings unklar. Ich kann es mir nur so erklären, dass er sie aufheben wollte, um später die US-Soldaten damit zu konfrontieren und sie somit zu erpressen oder an die Behörden ausliefern zu können. Ich weiß es nicht. Was allerdings dabei zu Tage gekommen ist, Juan Rodriguez hat diese Bilder damals einem Freund der Familie gegeben, der viel für ihn getan hat. Anscheinend war es ein Deutscher. Er hat Rodriguez in schweren Zeiten Geld und auch Smaragde geliehen, weil er von der Mafia erpresst wurde. Dafür stellte Rodriguez ihm Schuldscheine aus und gab ihm auch Bilder seines Sohnes, die auf der US-Basis gemacht wurden. Durch all das erfuhr ich von Phelippe. Die größte Dummheit meines Lebens war, dass ich mit ihm Kontakt aufgenommen habe. Ich wollte eine spektakuläre Story daraus machen. Aber nachdem ich festgestellt habe, wie Phelippe ist, war es bereits zu spät. Er hat mich dazu gebracht, ihm die Informationen zu verkaufen, die ich bereits gesammelt hatte. Es war unter anderem auch die Namen des Deutschen, der die Schuldscheine erhalten hat. Sein Name ist Harald Walter.

Tina brach fast im Computer zusammen. Sie konnte nicht mehr denken. Sie weinte nur noch. Es brach eine Welt für sie zusammen. Nie im Leben hätte sie damit gerechnet.

Nachdem sie sich einigermaßen beruhigt hatte, versuchte sie weiter zu lesen.

Auch die Namen der Freunde und Kollegen von Harald Walter habe ich an Phelippe verkauft. Sie heißen Peter Gregorius, Günter Lietz und Volker Simon. Mittlerweile sind alle drei tot. Das habe ich zu verantworten. Zeitgleich brachte er mich dazu, mit Tina Kontakt aufzunehmen. Ich täuschte den Anruf vor und erschlich so das Vertrauen von ihr. Inwieweit die drei von den Bildern und den Missbrauchsfällen wussten, kann ich nicht beurteilen. Das habe ich noch nicht herausgefunden, es sind ja auch schon alle tot. Ich kann nur vermuten, dass es da einen Zusammenhang gibt, aber noch weiß ich nicht welchen. Ich weiß nicht, was Tina in Kolumbien herausgefunden hat. Seit ihrer Rückkehr habe ich keinen Kontakt mehr mit ihr gehabt. Ich habe versucht, sie zu erreichen, aber sie war nicht zu Hause. Hoffentlich ist ihr nichts zugestoßen. Die Informationen, die ich Phelippe gegeben habe, hat er mir mit viel Geld bezahlt. Daher auch die Zahlungseingänge auf meinem Konto. Hätte ich nicht so in der Vergangenheit gewühlt, würden jetzt einige Menschen noch leben.

Während Tina das las, heulte sie hemmungslos vor sich hin. Konnte das wirklich alles wahr sein? Sie wusste es nicht.

Aber aus welchem Grund spielte Phelippe immer auf die anderen drei ehemaligen Freunde ihres Vaters an. Was haben sie gewusst, was sie alle verband. Es gab nur eine Möglichkeit, das heraus zu finden.

32

Es dauerte ein paar Tage, bis Tina diese Informationen verarbeitet hatte. Es fiel ihr sehr schwer, sich an den Gedanken zu gewöhnen, dass ihr Vater nicht der Mensch war, für den sie ihn gehalten hatte. Das war sehr bitter. Manchmal fragte sie sich auch, ob ihre Mutter all das gewusst hat. Vorstellen konnte sie es sich nicht.

Den Zusammenhang zwischen den Schuldscheinen, den Fotos und dem wahrscheinlichen Tod der drei konnte sie nicht finden.

Hermann wusste zu viel. Solange er Phelippe noch Informationen geben konnte, war er für ihn noch von Interesse. Das war ihr klar. Doch jetzt? Er brauchte Hermann nicht mehr.

Tina zog ein kalter Schauer über den Rücken. Das würde ja bedeuten, dass er jetzt alle Informationen hat, die er haben wollte. Bleibt also nur noch sie selbst übrig. Aber was soll ich haben, was ihm gehört? Das passt alles nicht zusammen.

Sie zerbrach sich den Kopf und kam zu keinem Ergebnis. Eins war ihr klar. Phelippe ist eiskalt und gefährlich. Ein Menschenleben zählt für ihn nichts.

Den Stick hat sie zu den anderen Sachen in ihren Schranksafe gelegt und möchte ihn so schnell nicht wieder sehen. Alles hat sie noch nicht gelesen, dafür sind es zu viele Informationen, aber das, was sie bisher gelesen hat, reicht ihr schon.

Zaghaft hat sie mal im Internet nach den Missbrauchsfällen in Kolumbien gegoogelt. Mit Erschrecken musste sie feststellen, dass es auch heute noch Gang und gebe ist. Mittlerweile gibt es verschiedene Organisationen, die sich um die Opfer kümmern und auch vorbeugend tätig werden. Aufgrund der übermäßigen Anzahl der Fälle bekommen sie die Situation nicht in den Griff. Alles, was an Arbeit auf dem Gebiet geleistet wird, ist ein Tropfen auf den heißen Stein. Es betrifft vor allem auch viele junge Mädchen, die sogenannten Straßenmütter. Sie bekommen ungewollt Kinder, obwohl sie selber noch Kinder sind. Diese, auf der Straße heranwachsenden Kinder, haben so gut wie keine Zukunft. Die Bemühungen der Organisationen sind lobenswert, aber viel können sie nicht ausrichten.

Mit all diesen Gedanken verbringt Tina den Tag und fühlt sich nur noch schlechter. Sie muss die Sache zu Ende bringen. Aber wie. Wenn sie mit Fritz spricht, bringt das gar nichts. Er wird ihr angesichts der vorliegenden Berichte zwar glauben, aber solange man Phelippe den Mord nicht nachweisen kann, passiert ihm auch nichts.

Und Tina selbst, sie hat weiterhin Angst. Aber so geht es auch nicht ewig weiter. Das Ganze muss ein Ende haben.

Während sie so grübelt, bekommt sie eine SMS. Gedankenverloren schaut sie auf ihr Handy.

Plötzlich ist sie hellwach. Dort steht, mit unterdrückter Rufnummer: *Morgen, 21.00 Uhr, Marienstollen.* Sie traut ihren Augen nicht.

Marienstollen. Woher weiß er das.

Ihr wird klar, er kennt ihr ganzes Leben. Nichts ist ihm verborgen geblieben.

Es ist unfassbar, er kennt sie in- und auswendig. Oder hat Hermann auch das gewusst und es ihm verkauft?

Eigentlich müsste sie Hermann hassen. Ohne ihn würden Gregorius, Lietz und Simon vielleicht noch leben.

Was auch immer sie mit diesen Dingen zu tun hatten, wenn sie zum Marienstollen geht, wird sie es wahrscheinlich erfahren. Der Marienstollen ist in Malliß, kurz vor Dömitz. Es ist schon ein paar Jahre her. Da hatte Tina mal einen alten Wohnwagen auf dem Campingplatz als Dauercamper. Es war eine schöne Zeit, aber irgendwann hatte sie keine Lust mehr darauf. Es ist ein kleiner ruhiger Campingplatz. Direkt an der Elde-Müritz-Wasserstraße. Das Gebiet in Malliß ist ein ehemaliges Abbaugebiet für Braunkohle.

Auf der Elde-Müritz-Wasserstraße wurde die Kohle zum Bahnhof gebracht, der genau am Kanal lag, und von dort weiter verschickt. Es ist eine sehr interessante Geschichte.

Tina ist etwas erstaunt, dass Phelippe von dem Platz weiß.

Aber mittlerweile wundert sie sich über nichts mehr. Sie entscheidet sich dafür, am nächsten Tag dorthin zu fahren.

Dass es gefährlich werden wird, dessen ist sie sich bewusst. Aber sie will jetzt, nach all dem, was bisher geschehen ist, wissen warum die anderen sterben mussten und welche Rolle insbesondere ihr Vater dabei wirklich gespielt hat.

Das ist sie ihm und allen anderen, einschließlich Hermann, schuldig.

Sie hofft, dass auf dem Campingplatz noch immer die kleine Campinghütte steht, die man mieten kann.

Kurzerhand ruft sie dort an und bucht die Hütte für die nächste Nacht. Sie kümmert sich noch um Puschel und geht dann schlafen, obwohl sie schon vorher weiß, dass sie kein Auge zubekommen wird.

Am nächsten Morgen steht sie frühzeitig auf und packt ihren Rucksack. Vorher macht sie von den Schuldscheinen Kopien und verstaut diese auch in ihrem Rucksack. Sie lädt ihr Handy nochmal auf und steckt auch das Ladekabel ein. Geld und Kreditkarte und dann sollte sie alles haben. Noch ein bisschen Proviant für den Abend und gegen Mittag fährt sie los.

Am Autobahnkreuz Wismar fährt sie in Richtung Schwerin. Am Kreuz Schwerin bleibt sie auf der

Autobahn Richtung Ludwigslust und nimmt die Abfahrt Grabow.

Schön, dass die Autobahn schon bis hier geht, denkt sie.

Früher musste sie immer durch Ludwigslust fahren und das waren dann insgesamt anderthalb Stunden. Jetzt legt sie die Strecke in einer Stunde zurück.

Sie parkt ihr Auto auf dem Besucherparkplatz am Campingplatz Zur Schleuse und geht zur Anmeldung.

Dass sie die Hütte nur für eine Nacht haben möchte, stört niemanden. Sie zahlt gleich in bar und bezieht die Hütte.

Es hat sich nichts verändert, denkt sie, während ihr Blick über den Campingplatz gleitet. Er ist noch genauso schön und ruhig wie damals.

Auf Grund der doch schon frischen Witterung macht sie in der Hütte die E-Heizung an. Um sich abzulenken, hat sie ihr Kreuzworträtselheft eingesteckt. Das nimmt sie sich jetzt zur Hand und macht ein paar Rätsel.

Es ist erst fünfzehn Uhr. Noch viel Zeit bis neun Uhr.

Auf Grund der letzten unruhigen Nacht wird sie jetzt doch müde und legt sich noch ein bisschen schlafen. Den Wecker des Handys stellt sich vorsichtshalber auf 20.00 Uhr, obwohl das wohl kaum notwendig ist. Sie ist viel zu aufgeregt. Tina legt sich hin und versucht zu schlafen.

Immer wieder denkt sie an ihren Vater und auch an Hermann. Sie ist sich auch immer noch nicht sicher, ob sie Fritz nicht doch lieber sagen sollte, was sie heute vorhat. So langsam schläft sie bei den Gedanken daran ein und wacht erst wieder auf, als ihr Handy sie um 20.00 Uhr aus dem Schlaf schreckt.

Völlig verwirrt schaut sie sich in der ungewohnten Umgebung um. So langsam realisiert Tina, wo sie sich befindet und was sie hier macht. Sie muss doch tief und fest geschlafen haben.

Okay, denkt sie, 20.00 Uhr. Ich habe noch eine halbe Stunde Zeit. Dann fahre ich mit dem Auto zu dem kleinen Besucherparkplatz am Marienstollen und werde dorthin gehen. Die Zeit reicht aus, es ist dann nicht mehr weit.

33

Sie steigt in ihren Wagen. Fährt vom Campingplatz weg und biegt an der Bahnhofstraße nicht nach rechts ab in die Richtung, aus der sie gekommen ist, sondern hält sich leicht links und fährt geradeaus weiter. Auf der rechten Seite befinden sich noch ungefähr vier bis fünf Häuser. Dann kommt der Wald. Kurz dahinter ist auf der linken Seite der kleine Besucherparkplatz für den Marienstollen. Er ist ziemlich zugewachsen.

Sie parkt ein und bleibt noch ein paar Minuten im Wagen sitzen. Ob sie mich wohl schon beobachten?

Da war sie sich ziemlich sicher. Die gehen auf Nummer sicher.

Seit dem ersten Brief in ihrem Briefkasten, am 12.04. diesen Jahres, fühlte Tina sich eigentlich immer beobachtet. Sie war sich sicher, dass man sie während dieser Zeit nicht aus den Augen gelassen hat.

Vorsichtig nimmt sie ihr Handy aus dem Rucksack und grübelt. Niemand weiß, wo sie ist. Das ist nicht gut. Fritz kann sie jetzt nicht anrufen. Der würde irrewerden. Aber sie kann ihm eine Nachricht schreiben und dann das Handy auf lautlos stellen. Dann kann er sie nicht stören und sie bemerkt seinen Anruf erst gar nicht. Die Idee findet Tina gut.

Sie schreibt ihm rasch eine WhatsApp und stellt sofort das Handy auf lautlos.

Dann verlässt sie den Wagen.

Aus der Jackentasche holt sie die kleine Taschenlampe, damit sie den Weg zum Stollen auch findet.

Vom Auto aus geht der Weg leicht links weiter. Auf der rechten Seite stehen noch ungefähr drei Häuser. Links des Weges stehen alte Straßenleuchten, die schon bessere Zeiten erlebt haben. Heute sind die Laternen alle kaputt und es haben sich ein paar Vögel Nester darin gebaut.

Das alles kann sie im Schein ihrer Taschenlampe erkennen. Diesen Weg ist sie vor ein paar Jahren schon öfter gegangen, als sie sich den Marienstollen angeschaut hat.

Kurz nachdem die Häuser aufhören, geht es noch 100 m weiter den schmalen Pfad entlang, dann macht der Weg eine neunzig Grad Kurve nach rechts, geht ungefähr nochmal fünfzig Meter weiter und man steht genau vor dem Eingang des Stollens.

Als Tina an der Stelle ankommt, wo der Weg nach rechts abbiegt, bekommt sie weiche Knie und Herzklopfen. Sie ist wankelmütig.

Soll ich weitergehen oder lieber umkehren?

Sie denkt an das Geschehene und will jetzt alles wissen. Außerdem ist ihr klar, dass Phelippe sie erst in Ruhe lassen wird, wenn er hat, was er will.

Also muss sie es hinter sich bringen. Sie biegt rechts in den Waldweg ein und erkennt von weitem schemenhaft den Eingang zum Stollen. Je dichter sie kommt, desto mehr erkennt sie im Inneren eine schwache Beleuchtung.

Er ist wirklich hier, denkt sie. Die Taschenlampe macht sie jetzt aus und versucht so wenig wie möglich auf Zweige zu treten, damit man sie nicht hören kann. Im Schutz der Dunkelheit nähert sie sich dem Eingang des Marienstollens. Sie kann von außen nichts sehen. Nur den schwachen Schein des Lichtes von innen. Vor dem Eingang verharrt sie ein paar Sekunden. Dann fasst sie all ihren Mut zusammen und geht langsam durch den Eingang. Sie hört nichts. Sie sieht nur dieses kleine Licht. Vorsichtig, mit dem Rücken an der Wand, tastet sie sich vorwärts. Sie befindet sich im Eingangsbereich auf der rechten Seite. Dort geht es nach ein paar Metern nicht mehr weiter und sie muss auf die linke Seite gehen. Von dort kommt auch der Lichtschein. Vorsichtig tastet sie sich weiter vor und geht in Richtung der Türöffnung.

Sie nimmt ein Geräusch wahr und bleibt stehen. Woher es gekommen ist, kann sie nicht einordnen.

Zu spät erkennt sie den Geruch. Sie nimmt noch eine Bewegung hinter sich wahr und dann wird alles Dunkel.

34

Fritz hat es sich zu Hause auf der Couch bequem gemacht. Der Fernseher läuft und er erholt sich vom Tag. Das Bier steht vor ihm und er freut sich über den ruhigen Abend.

Kurz nach 20.30 Uhr piept sein Handy. Er ignoriert den Ton und schaut in Ruhe die Sportsendung zu Ende. Es ist jetzt schon 21.45 Uhr. Müde gähnend reckt er sich und will ins Bett gehen.

Vorher schaut er noch auf sein Handy. Eine WhatsApp von Tina, denkt er und öffnet sie.

Er liest: *Bin zum Marienstollen gefahren, dort ist Phelippe. Gruß Tina.*

Beim Lesen der Nachricht springt er wie elektrisiert von der Couch auf. Er läuft im Zimmer umher wie ein eingesperrter Tiger. Die ist verrückt, denkt er. Wie kann sie nur so dumm sein. Phelippe ist gefährlich.

Die Ruhe des Abends ist für Fritz vorbei. Er schaut auf die Uhr. Es ist jetzt 21.49 Uhr. Die Nachricht von Tina kam 20.33 Uhr. Über eine Stunde ist bereits vergangen. Er kann es nicht glauben.

Sofort ruft er in der Dienststelle an. Der Diensthabende meldet sich.

Fritz brüllt fast ins Telefon: „Ich habe keine Zeit für Erklärungen. Finde heraus, wo hier in der Gegend der Marienstollen ist. Ich bin gleich bei dir."

Während er telefoniert, zieht er sich schon die Jacke über und rutscht in seine Slipper. Er rennt zum Wagen, klemmt das Blaulicht aufs Dach und fährt, so schnell es geht zur Dienststelle.

Der Diensthabende reicht ihm einen Zettel.

„Der Marienstollen befindet sich in Malliß. Kurz hinter Ludwigslust und kurz vor Dömitz. Du fährst am besten über die Schweriner Autobahn, dann weiter Richtung Ludwigslust und nimmst die Abfahrt Grabow. Von dort sind es dann noch ungefähr fünfzehn bis zwanzig Minuten Fahrzeit. Alles in allem eine Stunde."

Fritz hörte ihm mit aufkeimender Wut zu.

„Eine Stunde. Das ist zu lange. Rufe die Kollegen in Ludwigslust an. Sie sollen einen Mitarbeiter in Malliß abstellen, der mir den Weg zeigen kann. Außerdem sollen sie sofort das Einsatzkommando dorthin schicken. Ohne Blaulicht. Nur schauen und nichts machen. Sie sollen warten bis ich eintreffe. Sollte sich dort in der Zwischenzeit irgendetwas ereignen, dann muss ich Bescheid kriegen."

Mit diesen Worten und dem Zettel in der Hand rennt Fritz raus zum Wagen und fährt ab Richtung Autobahn.

Inzwischen waren schon wieder wertvolle Minuten vergangen. Sein Autoradio zeigte 22.04 Uhr an. Also würde er 23.00 Uhr dort eintreffen. Eine Zeitspanne von zweieinhalb Stunden, die von Tinas Nachricht bis zu seinem Eintreffen verging.

Er durfte sich gar nicht ausmalen, was in dieser Zeit alles passieren konnte.

Kurz hinter dem Dreieck Schwerin erhält er einen Anruf vom Diensthabenden.

„Der Mitarbeiter aus Ludwigslust erwartet dich in Malliß in Höhe des Parkplatzes beim Edeka. Wenn du in Malliß reinfährst einfach geradeaus. Das Einsatzkommando ist vor Ort. Sie haben am Parkplatz vom Marienstollen ein Fahrzeug festgestellt. Es hat ein Wismarer Kennzeichen. Im Eingang zum Stollen ist ein schwacher Lichtschein zu sehen. Dort ist alles ruhig. Geräusche aus dem Inneren sind auch nicht zu hören."

Damit endete seine Berichterstattung.

„Danke" sagte Fritz. „Sag den Leuten bitte, sie möchten sich im Hintergrund halten. Keine Aktivitäten bevor ich da bin."

Dann beendete Fritz das Gespräch. Die nächste Abfahrt, die kam, war schon Grabow.

Er musste die Geschwindigkeit verringern, um nicht von der Autobahn gehoben zu werden. So schnell es ging, fuhr er weiter. Die Orte bis Malliß nahmen kein Ende. Am Ortseingang schaltete er die Sirene aus. Nachts hört man sie verdammt gut. Er wollte niemanden frühzeitig warnen.

Er musste Tina da wegholen und Phelippe endgültig unschädlich machen.

Der Edeka kam in sein Gesichtsfeld und er verringerte wieder das Tempo. Er sah an der Seite einen uniformierten Beamten stehen. Fritz hielt an und ließ ihn einsteigen.

Er war so angespannt, dass er nicht mal grüßte, sondern ihn gleich fragte: „Wo geht es lang?"

„Wir müssen nach links und dann immer geradeaus. Ich zeige dir den Weg."

Damit war das Gespräch beendet. Am Ende der Straße, die Fritz endlos erschien, bogen sie nach rechts ab. Fuhren über stillgelegte Eisenbahnschienen und ließen die Häuser rechts liegen. Hinter den Häusern mussten sie rechts abbiegen und fuhren ungefähr 500 Meter geradeaus.

Kurz vor dem kleinen Parkplatz auf dem das Auto von Tina stand, warteten schon die Beamten des Einsatzkommandos.

Fritz parkte den Wagen möglichst dicht an den Häusern und lief das letzte Stück zum Parkplatz.

„Guten Abend", begrüßte ihn der Chef des Einsatzkommandos.

„Hallo", erwiderte Fritz.

„Wir haben nicht viel Zeit. Seit ca. 20.30 Uhr befindet sich vermutlich Tina Walter da drin. Es ist ihr Fahrzeug, das hier steht. Könnt ihr vielleicht kurzfristig eine Handyortung veranlassen? Ich möchte wissen, ob sie wirklich noch dort ist."

„Geht in Ordnung."

Fritz näherte sich mit einem Beamten dem Fahrzeug und ließ den Strahl seiner Taschenlampe darüber gleiten. Er traute seinen Augen nicht. Der Lichtkegel der Lampe blieb an dem Auspuff des Wagens hängen. Dort war ein kleiner dünner Schlauch, der mit Lappen präpariert im Auspuff hing, und zum hinteren linken Fenster führte. Auch die Autoscheibe hinten war abgedichtet. Fritz und der Beamte neben ihm schauten sich nur wortlos an und nickten Richtung Marienstollen.

Sie schlichen, genau wie ein paar Stunden vorher Tina, den schmalen Waldweg entlang und sagten kein Wort. Kurz vor dem Marienstollen stießen sie auf die anderen Einsatzkräfte. Sie verständigten sich über die Vorgehensweise und machten sich auf den Weg.

35

Als Tina langsam zu sich kam, war ihr speiübel und sie hatte den Geschmack von Chloroform im Mund. Ihr war schwindelig und der Kopf viel immer wieder auf die Seite und nach vorn. Wie lange das so ging, weiß sie nicht.

Irgendwann wurde ihr Kopf hart nach hinten gezogen und sie bekam links und rechts leichte ohrfeigen.

„Los aufwachen, du hast lange genug geschlafen", hörte sie eine Männerstimme sagen.

Ihr Kopf wurde festgehalten und sie versuchte, die Augen zu öffnen. Immer wieder fielen ihr die Lider zu. Dabei musste sie feststellen, dass sie sich nicht bewegen konnte.

Die gleiche Stimme wie vorhin sagte: „Gib ihr etwas Wasser zu trinken, damit sie wieder zu sich kommt."

Es wurde ihr ein Glas Wasser an den Mund gehalten und sie trank automatisch. Die Betäubung muss ihr wohl auf den Magen geschlagen sein, sie musste einen Würgereiz unterdrücken. Aber das Wasser verfehlte seine Wirkung nicht.

Nach und nach kam sie zu sich. Langsam versuchte Tina zu realisieren, was passiert war. Man hatte sie mit breitem Klebeband und Kabelbindern an den Stuhl gebunden. Es war alles so stramm, dass sie sich nicht einen Millimeter bewegen konnte.

Wenn sie es versuchte, schmerzte es überall. Also blieb sie so still wie möglich sitzen.

Sie sah sich in dem Raum um, in dem sie saß. Viel gab es nicht zu sehen. Er war sehr klein, mit einem Tisch, ein paar Stühlen und das war es. Hier gab es nicht mal ein Fenster. Ihr gegenüber sah sie drei Männer.

Einer davon muss Phelippe sein, dachte sie.

Lange musste sie nicht überlegen. Er stand auf, griff nach einem Stuhl und setzte ihn geräuschvoll neben Tina auf den Boden. Dann setzte er sich, mit der Stuhllehne nach vorne, seitlich neben sie.

Tina fühlte sich äußerst unbehaglich. Sie war ihm hilflos ausgeliefert.

Ihre Augen gewöhnten sich langsam an die Dunkelheit hier drin. Die kleine Lampe auf dem Tisch spendete nicht wirklich Licht.

Sie sah auf dem Tisch ihren Rucksack liegen. Der Inhalt lag verstreut auf dem Tisch. Auch ihr Handy lag dort. Sie konnte nicht sehen, ob es noch angeschaltet war.

Er saß so dicht, dass sie seinen Atem spüren konnte. Sie sahen sich in die Augen.

Mit einem breiten Grinsen im Gesicht fragte er: „Na, hat mein Cousin es dir wenigstens ordentlich gegeben?"

Tina war angewidert.

Sie antwortete ihm: „Ihr scheint euch ja sehr ähnlich zu sein."

Ruckartig griff er mit seiner linken Hand an ihren Hinterkopf und zog ihn nach hinten.

„Das war die falsche Antwort", zischte er zwischen den Zähnen hervor.

„Wie war er. War er gut?"

Tina blieb nichts anderes übrig als auf seine Frage zu antworten.

„Er war widerlich", sagte sie.

Phelippe ließ ihren Kopf los und lachte.

„Selbst dazu taugt er nichts. Er war schon immer ein Versager."

Man spürte förmlich den Hass, den sie aufeinander haben. Tina sagte nichts mehr. Er lächelte sie an und streichelte ihr bewusst behutsam über die rechte Wange. Das verstärkte ihr Angstgefühl noch mehr. Er nahm seine Hand zurück.

„Du hast etwas, was mir gehört. Gib es mir gleich, dann geht alles schneller."

Tina bekam noch mehr Angst.

„Alles, was ich habe, liegt dort auf dem Tisch", antwortete sie ihm.

„Was war in Bogota alles in dem Schließfach", fragte er sie.

„Das, was auf dem Tisch liegt und noch etwas Schmuck von meiner Mutter", antwortete Tina ihm wahrheitsgemäß.

„Mein blöder Cousin hat dir doch bestimmt erzählt, dass es um die Smaragde ging, richtig?"

„Ja. Aber wenn ich die Zettel da richtig deute, dann hat mein Vater die Smaragde aber wieder zurückgegeben. Was willst du denn dann noch von mir haben?"

„Die Fotos. Der Rest ist mir egal. Die Schuldscheine spielen für mich keine Rolle."

Tina grübelte, wo diese blöden Fotos nur geblieben sein können. Im Schließfach waren sie jedenfalls nicht.

„Alles, was ich besitze, liegt dort auf dem Tisch", wiederholte sie nochmals mit Nachdruck.

„Bindet sie los", sagt Phelippe und steht von seinem Stuhl auf. Endlich kann Tina aufstehen und reibt sich die Handgelenke.

Einer der Männer greift ihre Arme und verschränkte sie nach hinten auf den Rücken, um sie dort wieder mit Kabelbindern zu fixieren.

Scheiße, denkt Tina. Nun steht sie da, mit dem Rücken zur Wand und kann sich wieder nicht bewegen.

Phelippe stellt sich vor sie. Automatisch macht Tina einen Schritt nach hinten und bleibt an der Wand stehen. Die Arme schmerzen und die Kabelbinder schneiden ihr in die Haut, je mehr sie daran zerrt.

Jetzt lächelt Phelippe nicht mehr. Er tritt ganz dicht an Tina heran. Sie drehte ihren Kopf so weit wie möglich zur Seite, um ihm irgendwie auszuweichen. Phelippe lehnt mit den Händen an der Wand und drückt seinen massigen Körper an Tina.

Ihr bleibt fast die Luft weg.

„Weißt du eigentlich, wie sich das anfühlt, wenn einem kleinen Jungen von erwachsenen Männern das steife Glied in den Hintern gerammt wird?"

Während er das sagt, drückt er seinen Unterkörper gegen Tinas Bauch. Sie spürt seine Erregung. Sie kann nichts sagen.

„Immer und immer wieder haben sie sich an mir vergangen. Das vergisst man niemals."

Endlich tritt er einen Schritt zurück und Tina kann wieder frei atmen.

Sie nimmt all ihren Mut in dieser Todesangst zusammen und sagt: „Aber was haben Gregorius, Lietz und Simon damit zu tun gehabt. Und mein Vater."

Er beginnt zu erzählen.

„Dein Vater war mit seinen Freunden damals oft bei meinen Eltern. Die Erpressungen durch das Drogenkartell wurden immer fataler. Dein Vater hat uns damals Geld gegeben, damit wir das Schutzgeld bezahlen können. Daher die Schuldscheine. Meine Eltern waren auch vermögend, aber unsere Rücklagen waren durch die Erpressungen schon verbraucht. An den Smaragden hat mein Vater sehr gehangen. Die wollte er behüten und sie sollten immer im Familienbesitz bleiben. Daher hat er sie deinem Vater zur Aufbewahrung gegeben. Die Freunde deines Vaters waren gierig. Sie haben ihm eingeredet, dass er die Steine behalten und verkaufen soll. Sie waren sehr wertvoll. Dafür wurde die Story mit dem Überfall auf der Fahrt nach Bogota erfunden. Aber dein Vater war ein guter Mensch. Er brachte sie meinem Vater wieder zurück. Dafür hat er von seinen Freunden nur Hohn und Spott bekommen. Mein Vater wurde auf der US-Basis dazu gezwungen, von den Taten an mir Bilder und Videoaufnahmen zu machen. All diese Aufnahmen wurden ihm immer durch die Leute von der US Armee abgenommen. Sie verkauften alles. Bestimmte Bilder hat mein Vater versteckt. Er wollte, dass die Leute für das, was sie getan haben auch büßen müssen. Wenn er es nicht konnte, dann vielleicht ich, später. Diese Bilder hat er deinem Vater auch gegeben."

Während er das sagte, hielt er Tina eine Kopie des Schuldscheines vor ihr Gesicht, wo die Bilder erwähnt wurden. Dann sprach er weiter.

„Die Freunde deines Vaters haben die Bilder gesehen und sich darüber in Gegenwart meines Vaters lustig gemacht. Das hat ihn sehr getroffen."

Er machte eine kurze Pause, die Tina nutzte.

„Aber all das berechtigt dich doch nicht dazu, sie zu töten."

Die Ohrfeige mit dem Handrücken seiner rechten Hand traf Tina so heftig, dass ihr Kopf nach links prallte.

„Dein Vater hat die Bilder seinen Freunden gezeigt, sodass sie sich darüber lustig machen konnten."

Zischte er sie an.

„Und dein Vater hat es zugelassen und zugesehen wie diese Aufnahmen gemacht wurden", erwiderte Tina mutig.

Wieder schlug er mit der Hand zu und Tina musste sich die Tränen verkneifen. Er griff ihr mit seiner rechten Hand unter das Kinn. Drehte ihren Kopf, sodass sie ihn ansehen musste, und ließ seine Hand langsam vom Kinn auf ihren Hals gleiten. Sie schluckte. Er verharrte auf ihrem Hals mit der Hand. Dabei starrten sich beide in die Augen. Langsam, und fast bedächtig schloss sich seine Hand weiter um ihren Hals.

Tina fing an zu röcheln und nach Luft zu ringen. Ihre Knie wurden weich und ihr wurde allmählich schwarz vor Augen. Abrupt ließ er von ihr ab, fing sie auf und stellte sie wieder an die Wand. Tina holte tief Luft und musste husten.

„Hat dir dein Vater all das erzählt", fragte sie ihn keuchend.

„Ja. Er lag im Sterben und wollte, dass ich alles weiß. Ich habe ihm versprochen, unsere Ehre wieder herzustellen. Wo hast du die Bilder?"

Tina senkte den Kopf und sagte: „Ich habe keine."

„Das ist die falsche Antwort", sagte Phelippe und wirkte dabei fast traurig.

Tina wollte etwas Zeit gewinnen. Sie fragte: „Warum Hermann?"

„Tja, Hermann. Er war zur falschen Zeit am falschen Ort, kann man so sagen. Anfang des Jahres ist mein Vater gestorben. Kurz davor beginnt seine Redaktion mit den Recherchen zum Thema Kindesmissbrauch in Südamerika. Da kommt doch dann tatsächlich so ein ehrgeiziger Journalist dahergelaufen und wühlt in unserer Vergangenheit herum. Das konnte ich mir dann gleich zu Nutze machen und habe die Namen von deinem Vater und seinen tollen Freunden gratis auf dem Silbertablett bekommen. Inklusive deiner Person. Es war ein Leichtes, ihn dazu zu bringen, dir etwas von dem angeblichen Telefonat zu erzählen und somit war ich immer bestens über alles informiert. Okay, dein Trip nach Kolumbien war nicht einkalkuliert. Damit hast du mich auch überrascht. Aber es hat dort ja offenbar entscheidende Hinweise gegeben."

Er machte eine kurze Pause, dann sprach er weiter.

„Ich habe Hermann benutzt, so lange wie es nötig war. Dann brauchte ich ihn nicht mehr. Er war nur im Weg und wusste mittlerweile zu viel."

Dabei sah er sie durchdringend an und sagte: „So wie du jetzt auch."

Zu der Angst merkte Tina noch Übelkeit und Ekel in sich aufsteigen. Sie wusste, dass es kein Entrinnen mehr für sie gab.

„Aber das viele Geld, dass du Hermann gegeben hast."

Phelippe winkte lächelnd ab.

„Davon habe ich jetzt genug. Das tut mir nicht weh."

Er ging um den Tisch herum und sagte zu seinen Männern:

„Bringt sie zum Wagen."

Der eine von seinen Leuten sammelte die Sachen vom Tisch zusammen und tat alles in ihren Rucksack.

Sie entfernten die Kabelbinder von ihren Handgelenken, setzten ihr den Rucksack auf und führten sie zum Ausgang des Stollens.

Phelippe blieb zurück.

Tina hat Todesangst. Sie treten in das Dunkel vor dem Marienstollen und gehen geradeaus auf den Waldweg zu.

36

Fritz stand neben dem Eingang vom Marienstollen und die Dunkelheit gab ihm Schutz. Er vergewisserte sich nochmals, ob alle anderen Einsatzkräfte auf ihrem Posten waren.

Plötzlich bewegte sich etwas in dem Eingang. Er sah Tina, links und rechts jeweils ein Mann, der sie an den Armen festhielt.

Da Fritz nicht wusste, wie viel Personen im Stollen waren, unternahm er erstmal nichts. Er war ja schon sehr froh, Tina lebend zu sehen.

Das Fahrzeug von ihr stand unter Beobachtung, da konnte jetzt nichts mehr passieren. Die drei Personen gingen den Waldweg entlang auf den

Abzweig zu, wo sie dann nach links gehen mussten, um zu dem Wagen von Tina zu gelangen.

Fritz beorderte zwei Beamte, die auf den Eingang des Stollens achtgeben sollten, für den Fall, dass da noch jemand drin ist. Die anderen verfolgten die kleine Dreiergruppe weiter auf dem Waldweg. Tina stolperte über Geäst und Wurzeln, die ihr auf dem Hinweg gar nicht aufgefallen sind, wurde aber durch die Griffe der Männer links und rechts immer gleich gehalten.

Je dichter sie dem Parkplatz mit ihrem Auto kamen, umso mehr kämpfte sie mit den Tränen. Sie war sich sicher, Phelippe lässt sie nicht einfach so gehen. Deshalb musste auch Hermann sterben. Sie weinte jetzt leise vor sich hin und dachte, was wohl aus Puschel wird, wenn sie nicht wieder nach Hause kommt.

Der Gedanke an ihr Kätzchen brach ihr fast das Herz. Alles, was dann folgte, konnte sie später nie wieder realisieren.

Sie hörte Geräusche, aufgeregte Rufe, hektische Bewegungen. Noch bevor sie begriff, was passiert, spürte sie einen stechenden Schmerz in ihrem Körper.

Das letzte woran sie sich erinnern kann, ist die angenehme Wärme, die ihren Körper durchströmte. Dann folgte nur Dunkelheit.

37

Fritz ging den Gang des Krankenhauses immer wieder auf und ab.

Wie oft er das schon getan hatte, konnte er nicht mehr zählen.

Nach dem Zugriff am Marienstollen ging alles sehr schnell. Die Einsatzkräfte überwältigten die zwei Personen. Vorher gelang es einem der Männer, Tina mit einem Messer zu verletzen. Sie brach sofort zusammen und der Notarzt brachte sie ins Krankenhaus. Nun wartete Fritz geduldig darauf, dass Tina aus der Narkose aufwachte.

Als Tina die Augen aufschlug, sah sie weiße Wände, Schläuche, die um sie herum waren und hörte ein gleichmäßiges Piepen aus einem der Geräte.

Nach und nach versuchte sie, sich zu erinnern, was geschehen ist. Sie wollte sich im Bett bewegen, konnte aber vor Schmerzen nichts tun. Hinter einem Fenster sah sie eine Krankenschwester. Die lächelte sie an und kam zu ihr ans Bett.

„Hallo, da sind wir ja wieder. Wie geht es ihnen?"

„Ich weiß nicht", sagte Tina. Die Schwester lachte. „Dann kann ihr Besuch ja jetzt endlich reinkommen. Er wartet schon seit Stunden draußen", sagte sie zu Tina.

Die Schwester verschwand durch die Tür und kurze Zeit später steckte Fritz den Kopf durch die Tür. Er sah blass und müde aus.

„Hallo Tina", begrüßte er sie.

„Hi Fritz", sagte Tina.

Er nahm sich einen Stuhl und setzte sich neben das Bett. Sein Blick war finster und er schaute Tina ernst an.

„Was ist passiert?", fragte sie ihn.

„Das Positive ist" sagte er, „dass deine Verletzung wieder heilen wird. Einer der Männer hat noch versucht, dich mit einem Messer umzubringen. Er hat die rechte Seite deines Rückens in Höhe der Nierengegend getroffen. Der Arzt meinte, es ist nur dem Umstand zu verdanken, dass du dort keine Niere hast, dass es nicht schlimmer ausgegangen ist. Hätte er die andere Seite erwischt, würdest du wahrscheinlich nicht hier liegen."

Tina schluckte.

„Warum hat er das getan", fragte sie Fritz.

„In der Vernehmung haben alle beide ohne Skrupel und Reue zugegeben, dass sie den Auftrag hatten, dich zu beseitigen. Egal wie. Dein Wagen war entsprechend präpariert, du solltest an den Abgasen des Fahrzeuges sterben. Wären wir nicht rechtzeitig erschienen, wäre es ihnen wahrscheinlich gelungen, dich auf diese Art und Weise zu beseitigen. Da wir sie abgefangen haben, hat es einer noch mit dem Messer versucht. Zum Glück waren wir schneller und er konnte nicht richtig treffen."

Nun liefen Tina doch ein paar Tränen über die Wangen. Es waren Tränen der Erleichterung, dass sie noch am Leben ist.

Fritz wischte sie weg und sagte: „Du musst nicht weinen. Übrigens freut sich Puschel schon sehr auf dich."

Bei dem Gedanken an Puschel musste Tina gleich wieder lächeln.

„Kümmerst du dich um sie?"

„Nein, ich war nur kurz da und habe dann deiner Tier Nanny Bescheid gesagt. Sie kümmert sich solange um dein Kätzchen, bis du wieder zu Hause bist."

Tina war erleichtert.

Dann fragte sie Fritz: „Was ist mit Phelippe?"

Bei dieser Frage verfinsterte sich sein Blick zusehends.

„Das ist der schlechte Teil dieser Geschichte" antwortete er ihr.

„Phelippe ist uns entkommen."

Tina riss die Augen auf und wollte sich hinsetzen, kam aber aufgrund ihrer Verletzung und der damit verbundenen Schmerzen nicht weit und ließ sich wieder ins Bett fallen.

„Das kann doch nicht wahr sein", entfuhr es ihr. „Wie konnte das passieren?"

„Nachdem wir die zwei überwältigt hatten, sind wir wieder zurück zum Marienstollen gegangen. Dort waren noch zwei Einsatzkräfte geblieben und haben den Eingang im Auge behalten. Nach euch ist da niemand mehr rausgekommen. Wir sind dann rein und haben alles abgesucht. Es war niemand mehr da. Wir vermuten, dass es noch einen anderen Ausgang geben muss. Durch den ist er dann wahrscheinlich weg, als er draußen den Tumult hörte."

Tina konnte nicht glauben, was sie da hörte.

„Das heißt ja, dass ich noch immer in Gefahr bin. Solange er noch auf freiem Fuß ist, wird er mir weiter nach dem Leben trachten."

Fritz nickte und sprach: „Das ist leider so. Bei der Vernehmung dieser Typen haben sie uns das auch bestätigt. Phelippe wird nicht aufgeben. Erst wenn er sein Ziel erreicht hat. Das heißt, wir müssen ihn vorher finden."

Fritz sah Tina ernst an. Tina richtete ihren Blick zum Fenster und Tränen füllten ihre Augen. Wann hört das bloß endlich auf, dachte sie.

„Und das alles nur wegen dieser Fotos?", fragte sie Fritz.

„Phelippe ist nicht normal. Er ist besessen von dem Gedanken an Rache. Alle, die etwas von dieser Schmach wissen, die ihm angetan wurde, will er beseitigen. Der Gedanke ist für ihn unerträglich, dass ihm eventuell ein Mensch gegenüber steht, der weiß, was ihm angetan wurde. Mit Sicherheit hat damals seine Psyche gelitten. Er hätte in ärztliche Obhut gemusst. Stattdessen sann sein Vater heimlich auf Rache und machte auch mit seinen kriminellen Geschäften weiter. Was sollte dann dabei aus dem Jungen werden. Außerdem glaubt er fest daran, dass die Bilder noch existieren. Überleg doch mal, wenn die wirklich noch irgendwo sind und plötzlich auftauchen, was das für ein beschissenes Gefühl für ihn sein würde. Er hat damals entsetzlich als Kind gelitten und setzt jetzt alles daran, die Dinge zu beseitigen, die damit in Verbindung stehen. Da ist es ihm völlig gleichgültig, ob das Menschen oder materielle Dinge sind. Er hat keinerlei Gefühle und kennt keine Schmerzgrenze. Du bist ihm nun schon zweimal entwischt. Einmal in Bogota und jetzt hier. Du weißt, was damals geschehen ist. Genau wie Hermann es herausgefunden hat. Damit kann er nicht leben."

Tina war das alles zu viel. Sie starrte an die Decke und hörte auf das eintönige Piepen aus dem Gerät ihr gegenüber.

„Kann das nicht abgeschaltet werden", fragte sie Fritz. „Das nervt total."

Fritz lächelte und versprach ihr, die Schwester zu fragen.

„Wie lange muss ich noch hierbleiben?"

Fritz zuckte mit den Schultern.

„Es wird sicherlich noch ein paar Tage dauern, bis du nach Hause kannst. Ich habe einen Wachposten angefordert, der sich vor deine Zimmertür setzt. Die Großfahndung nach Phelippe läuft."

„Du siehst müde aus, Fritz."

„Danke. Das ist ja auch kein Wunder. Schließlich hast du mich die ganze Nacht wachgehalten."

„Es tut mir leid."

„Versprich mir eins Tina. Mache niemals wieder solche Dummheiten. Du siehst, wie gefährlich das ist. Und es ist noch nicht vorbei."

„Ja Fritz. Das verspreche ich dir."

Es klopfte an der Tür und ein uniformierter Beamter schaute ins Zimmer.

„Kommen sie ruhig rein. Das ist Tina Walter. Passen sie gut auf sie auf. Ich gehe jetzt erstmal schlafen."

Er streichelte Tina lächelnd über den Arm und verabschiedete sich.

„Danke für alles Fritz."

Dann verließ er das Zimmer und fuhr nach Hause.

38

Nach ein paar Tagen konnte Tina schon aufstehen und das Bett verlassen. Der Beamte vor der Tür wich nicht von ihrer Seite. Von Fritz wusste sie, dass die Fahndung auf Hochtouren lief, aber von Phelippe keine Spur. Sie hatten nicht die geringste Ahnung, wo er sein könnte. Das Land hatte er offenbar noch nicht verlassen. Und genau der Umstand machte die Sache so gefährlich.

Tina arbeitete hart daran, wieder auf die Füße zu kommen. Sie wollte so schnell wie möglich nach Hause. Die Physiotherapeutin, die jeden Tag kam, war sehr zufrieden mit ihr. Auch der Arzt bestätigte ihr, dass die Wunde sehr gut heile und sie bald nach Hause darf.

Die Beamten, die für sie abgestellt wurden, waren alle sehr nett. Trotz dieser ernsten Situation scherzten sie viel miteinander.

Es klopfte an der Tür und Fritz stand mit Blumen in der Hand da. Tina lachte.

„Das ist ja nett. Die sind sehr schön", sagte sie und nahm ihm den Strauß ab.

„Hallo Tina, ich wollte mal ein bisschen Farbe in diesen tristen Raum bringen."

Sie setzten sich an den kleinen Tisch.

„Wie geht es dir, Tina?"

„Schon besser. Du siehst ja, ich laufe wieder umher und die Wunde verheilt gut. Wenn alles klappt, kann ich morgen vielleicht schon nach Hause."

Fritz blickte sie an.

„Das ist ja das Problem", sagte er. „Wer soll dann auf dich aufpassen?"

Tina wusste auch keine Antwort.

„Für den Fall, das du morgen wirklich nach Hause kannst, rufst du mich dann an und ich bringe dich hin. Es wird auf alle Fälle jemand in der Nähe sein und dein Haus beobachten. Du hast dann im Haus dein Handy immer bei dir. Sobald du etwas Verdächtiges bemerkst, rufst du mich sofort an. Hast du das verstanden?", fragte er mit Nachdruck.

„Ja natürlich. Ich werde aufpassen."

Sie sprachen noch über dieses und jenes und mieden das Thema, welches der eigentliche Grund ihres Aufenthaltes im Krankenhaus war. Fitz verabschiedete sich und Tina blieb allein zurück.

Sie legte sich aufs Bett und versuchte zu lesen. Ihre Gedanken schweiften immer wieder ab und sie musste an Hermann und all die anderen Menschen denken, die durch Phelippe ermordet worden sind. Sie hoffte von ganzem Herzen, dass die Polizei Phelippe so schnell wie möglich finden und hinter Gitter bringen kann. Sie wollte endlich wieder in Ruhe leben können.

Als das Abendbrot kam, setzte sie sich an den Tisch und ließ es sich schmecken.

Gemeinsam mit dem Polizeibeamten vor ihrer Tür machte sie anschließend noch einen abendlichen Rundgang durch das Krankenhaus. Das machte sie fast jeden Abend. Etwas Bewegung schadet nicht. Sie schlendern dann immer gemeinsam durch die Gänge und enden immer unten im Eingangsbereich bei der Cafeteria.

Als sie in diesen Bereich einbiegen, bleibt Tina ruckartig stehen und greift nach dem Arm des Polizisten. Sie starrt auf die Ausgangstür.

„Da ist er gerade verschwunden", sagt sie zu dem Polizeibeamten.

Der greift sofort zu seinem Funkgerät und gibt es an seine Kollegen weiter.

„Los", sagt er, „sofort wieder hoch aufs Zimmer, den Rest machen die Kollegen draußen."

Beide gehen schnurstracks wieder hinauf und Tina lässt sich ängstlich auf den Stuhl fallen. Der

Polizist geht im Zimmer auf und ab und ist sichtlich nervös. Tina nimmt ihr Handy und ruft Fritz an.

Endlich nimmt er ab und sie sagt sofort: „Er war hier. Unten im Krankenhaus. Ich habe ihn gesehen."

Fritz ist für ein paar Sekunden am anderen Ende ganz still. Dann fragt er: „Ist der Polizist bei dir?"

„Ja, natürlich."

„Gib ihn mir bitte."

Tina überreicht ihr Handy. Das Gespräch zwischen den beiden dauert nicht lange. Er reicht ihr das Handy zurück.

„Was wollte er", fragte Tina.

„Er hat mir nochmal eindringlich gesagt, dass ich sie unter keinen Umständen aus den Augen lassen darf. Er will nachher nochmal vorbeikommen."

Tinas abendliche Ruhe ist vorbei.

Ungefähr eine Stunde später steht Fritz wieder in der Tür. Er setzt sich und schaut Tina an.

„Wir haben ihn nicht erwischt. Weiß der Fuchs, wo er sich verkrochen hat. Die Beamten bleiben heute Nacht in der Nähe des Krankenhauses. Alles andere wäre zu gefährlich. Mehr können wir im Augenblick leider nicht tun."

Tina nickt nur.

Nachdem Fritz das Krankenhaus verlassen hat, versuchte sie zu schlafen. Sie bekommt kein Auge zu. Immer wieder kreisen ihre Gedanken um Phelippe. Am nächsten Morgen fühlt sie sich miserabel und unausgeschlafen. Zum Frühstück quält sie sich ein Brötchen rein, damit sie überhaupt etwas gegessen hat. Der Appetit ist ihr vergangen. Endlich kommt die Visite und sie hofft, dass sie nach Hause kann. Egal wie, aber im Krankenhaus sein ist auch keine Lösung, denkt sie sich.

„Aus medizinischer Sicht kann ich sie nicht länger hierbehalten", sagt der Arzt zu ihr.

„Wir machen die Papiere fertig und dann können sie heute Nachmittag nach Hause gehen."

Er lächelt sie an und verschwindet in das nächste Zimmer.

Tina war erleichtert und gleichzeitig auch nervös. So lange Phelippe auf freiem Fuß war, konnte sie noch keine innerliche Ruhe finden.

Sie rief Fritz an und sie vereinbarten, sobald Tina die Papiere hat, holt er sie ab. Wie üblich dauerte das noch eine ganze Zeit und sie musste sogar noch dort Mittagessen und bekam die Unterlagen gegen 14.00 Uhr.

Wie vereinbart rief sie Fritz an und halb drei konnte sie endlich das Krankenhaus verlassen.

Er hielt mit dem Wagen vor ihrer Haustür und sagte: „Ich komme mit rein und werde mir jeden Raum ansehen, bevor ich dich alleine lasse."

„Das kannst du gerne machen, aber du weißt, dass ich eine Alarmanlage habe. Die hätte schon längst Krach gemacht, wenn jemand ins Haus gewollt hätte."

„Trotzdem", sagte er.

Tina schloss die Haustür auf und sie gingen hinein. Als Erstes kam gleich Puschel angelaufen und schnurrte laut vor Wiedersehensfreude. Während Tina mit Puschel beschäftigt war, ging Fritz durch das ganze Haus und vergewisserte sich, dass wirklich alles in Ordnung ist. Er überprüfte auch gleich noch die Fenster, ob sie alle fest zu verschließen sind. Erst als er damit fertig war, ging er wieder zu Tina. Er wollte gerade den Mund aufmachen und etwas sagen, als Tina ihm zuvorkam.

„Ich werde mein Handy immer bei mir haben und wenn ich irgendetwas Merkwürdiges bemerke, dann rufe ich dich sofort an."

Während sie das sagte, schaute sie ihn genau an.

„Du hast keinen Grund, dich hier über irgendetwas lustig zu machen", antwortete Fritz ihr.

Sie schüttelte mit dem Kopf und sagt ganz kleinlaut: „So war es auch nicht gemeint."

„Ich mache mir wirklich Sorgen", sagt Fritz. „Am liebsten würde ich die ganze Zeit bei dir bleiben, aber das geht ja auch nicht. In unmittelbarer Nähe von deinem Haus steht ein Wagen. Da sind zwei Polizeibeamte drin. Die werden genau aufpassen, wer oder was sich hier in der Straße bewegt."

Tina antwortete schmunzelnd: „Das machen doch eigentlich schon immer die Nachbarn."

Aufgrund des Blickes von Fritz hob sie gleich entschuldigend die Hände.

„Ist ja gut. Ich freue mich schon auf die Zeit, wo ich endlich mal wieder unbeschwert lustig sein darf."

„Ich muss jetzt gehen. Du weißt, was du zu tun hast."

Tina nickte nur. Er kraulte Puschel kurz und verabschiedete sich von ihr.

Nun stand sie da, kleinlaut und einsam mit ihrer schnurrenden Katze. Sie lenkte sich ab, indem sie Puschel etwas zu fressen gab, ihre Krankenhaustasche auspackte und Wäsche in die Waschmaschine legte. In der Waschküche griff sie zur Vorsicht nochmal an die Außentür, die aber verschlossen war. Auch alle Fenster im Kellerbereich kontrollierte sie, obwohl das Quatsch ist, dachte sie, Fritz war ja schon überall. Aber so fühlte sie sich doch gleich wohler.

Sie ging in die Küche und machte sich Abendbrot. Vorher zog sie noch alle Jalousien runter, damit sie sich nicht so beobachtet vorkommt. Bei der Dunkelheit draußen gibt sie dann im hell erleuchteten Raum ein gutes Ziel ab. Sie kontrollierte nebenbei ihr Handy, ob es auch geladen ist. Noch 85 %, das reicht erstmal. Die Alarmanlage hat sie jetzt angeschaltet, damit sie sich sicher fühlen kann. So sitzt sie nun gemütlich mit Puschel in der Stube und genießt ihr Abendbrot.

Sie beißt genüsslich von ihrer Stulle ab und plötzlich wird es dunkel. Ihr bleibt fast der Bissen im Hals stecken. Wie versteinert sitzt sie auf der Couch und tastet im Dunkeln nach dem Tisch, um ihr Brettchen abzustellen.

Nur die leuchtenden Augen von Puschel sieht sie noch. Sie schluckt den Bissen runter und tastet nach dem Handy in ihrer Hosentasche. Stromausfall? Sie weiß es nicht. Um auf Nummer sicherzugehen, wählt sie die Nummer von Fritz.

Er nimmt ab, seine Stimme klingt fragend: „Tina, was ist los?"

„Bei mir ist alles dunkel geworden. Der Strom ist weg."

Schweigen am anderen Ende der Leitung. Dann meldet sich Fritz wieder.

„Verlasse sofort das Haus. Gehe auf dem kürzesten Weg nach draußen, hörst Du?"

„Ja, natürlich. Aber es ist doch nur der Strom weg."

„Diskutiere nicht mit mir. Hau ab nach draußen, ich sag den Beamten im Wagen Bescheid und du bleibst bei ihnen bis ich eintreffe. Raus jetzt."

Seine Stimme wurde von Satz zu Satz hysterischer. Sie hörte nur noch ein Klicken am anderen Ende und die Verbindung war weg. Sie steckte das Handy in ihre Hosentasche und tastete sich an dem Stubentisch vorbei bis ins Esszimmer. Dort musste sie durch die Küche in den Flur. Sie überlegte kurz, ob sie versuchen sollte, ihr Schuhe anzuziehen, entschied sich dann aber doch dafür, in Latschen rauszugehen.

Egal, dachte Tina, sieht ja keiner. Sie tastete sich in den Flur, vorbei an der Tür, die zum Keller führt. Hier tastet sie vorsichtig über den Rahmen und die

Klinke, zum Glück alles zu. Von hier aus ging sie weiter geradeaus auf die Tür vom Windfang zu, dahinter war schon die Außentür.

Seitlich, leicht links vor der Tür zum Windfang, führt die Treppe nach oben.

Sie streckte den Arm aus und wollte zur Türklinke greifen, da gab es einen Ruck, sie wurde an der Schulter herumgerissen und eine Hand hielt ihr den Mund zu. Die andere Hand hielt sie umklammert, sodass sie sich noch nicht mal wehren konnte.

Ihr Herz hämmerte wie verrückt. Sie versuchte, sich loszureißen. Es half nichts. Die Umklammerung war zu stark. Langsam gab Tina auf. Sie hielt still und wartete ab. Der Griff um ihren Oberkörper lockerte sich etwas. Da sie nichts sah, unternahm sie erstmal keinen Versuch zu entkommen.

„Ich nehme die Hand von deinem Mund. Aber keinen Ton, sonst."

Während er das sagte, spürte sie ein kaltes Messer an ihrem Hals. Er nahm tatsächlich die Hand weg und Tina atmete durch. Das Messer blieb locker vor ihrem Hals.

„Wo sind die Schuldscheine?", fragte er.

„Oben. Im Safe."

„Los, vorwärts. Nach oben", befahl er.

Er drehte ihr einen Arm auf den Rücken und schob sie, mit dem Messer am Hals, nach oben.

Kurz vor Ende der Treppe sagte er: „Gibt mir dein Handy."

Sie zog das Handy aus der Hosentasche und gab es ihm. Er schaltete es aus und steckte es ein.

„Wo ist der Safe?"

„Im Schlafzimmer."

„Wo ist das Schlafzimmer?"

„Die linke Tür", antwortete Tina.

Ihren Arm hielt er immer noch auf ihrem Rücken fest.

In dem kleinen Flur im Obergeschoss befanden sich an den Wänden Andenken, die Tina aus der Zeit in Kolumbien noch hatte. Kurz vor der Schlafzimmertür hing ein kleiner Säbel, der in einem hübsch verzierten Schaft hing.

Phelippe hatte eine kleine Taschenlampe. Tina musste aufpassen, dass diese nicht in den Lichtkegel des kleinen Säbels geriet. Mit der rechten freien Hand griff sie im Vorbeigehen rasch nach dem Säbel, zog ihn aus dem Schaft und hielt ihn sich vor den Oberkörper. Phelippe schien es nicht bemerkt zu haben. Sie standen im Türrahmen zum Schlafzimmer und gingen einen Schritt herein.

Er leuchtete mit seiner Lampe den Raum aus und fragte: „Wo ist der Safe?"

Tina antwortete: „Im Schrank."

„Ich sehe keinen", sagte er.

Da Tina einen begehbaren Kleiderschrank hat, konnte er ihn nicht sehen.

„Hier rechts, durch den Vorhang", sagte sie.

Er drückte das Messer stärker an ihren Hals und schob sie vorwärts. Der Vorhang raschelte beim berühren und Tina stand im Schrank, Phelippe dicht hinter ihr.

„Der Safe befindet sich geradeaus auf dem Fußboden", sagte Tina.

Mit seiner Lampe leuchtete er den Schrank ab und blieb mit dem Strahl auf dem Safe hängen. Er stand so dicht hinter Tina, dass sie seinen Atem spürte, und er drückte seinen Körper gegen ihren. Dabei stöhnte er leicht. Sie versuchte, ruhig zu bleiben.

Wo blieb Fritz nur und die beiden Beamten?

„Um den Safe zu öffnen, müsste ich bitte einen Schritt nach hinten machen dürfen und mich runter bücken."

Er grübelte kurz und gab dann ihren Hals frei und trat einen Schritt zurück. Tina nahm all ihren Mut zusammen.

Blitzschnell machte sie eine halbe Drehung nach links und stach mit dem kleinen Säbel voll zu. Sie hörte ihn aufstöhnen, er schien zu taumeln.

Sie ergriff die Chance. Lief aus dem Zimmer, die Treppe hinunter, riss die Tür zum Windfang auf und schoss durch die Tür nach draußen. Sie lief, so schnell sie konnte. Auf der anderen Straßenseite kamen ihr die beiden Polizeibeamten entgegen. Sie keuchte und zeigt nach oben. In diesem Moment kam Fritz um die Ecke gefahren. Er sprang aus dem Wagen und rannte zu Tina.

„Was ist passiert?"

Tina rang nach Luft und zeigte auf das Haus. Fritz sah noch, wie die beiden Beamten durch die Haustür in das Haus eindrangen. Er verständigte sofort die Zentrale und ging ebenfalls zum Haus.

Tina blieb keuchend und zitternd vor Angst und Kälte auf dem Rasen sitzen. Sie hörte laute Stimmen von drinnen und schloss vor Angst die Augen. Erst als alles ruhig wurde, riss sie die Augen wieder auf.

Sie sah die Lichtkegel der Taschenlampen immer dichter auf die Haustür zukommen. Dann erschienen die beiden Beamten im Türrahmen, gefolgt von Fritz mit Phelippe, den er vor sich herschob.

Ein weiterer Polizeiwagen und ein Krankenwagen fuhren vor. Tina rührte sich nicht vom Erdboden weg, obwohl es viel zu kalt war. Nach einiger Zeit kam Fritz zu ihr.

„Steh auf, es ist vorbei."

Er zog sie hoch und drückte sie an sich.

„Hol dir deine Jacke, du bleibst heute Nacht bei mir."

Sie gingen in ihr Haus, sie zog sich die Jacke über und fuhr mit Fritz davon.

Epilog

Tina steht in der Küche und bereitet die Schnittchen vor. Sie hat Fritz heute zum Abendessen eingeladen. Puschel versucht, vom Fensterbrett aus einige leckere Happen von der Arbeitsplatte zu erhaschen.

„Du nicht", sagt Tina und drückt liebevoll das kleine Katzennäschen wieder zur Seite. Sie muss lachen. Puschel ist so süß.

Auf ihrem kleinen Couchtisch im Wohnzimmer stehen schon leckeres Obst und Gemüse und ein paar mit Kirschen und Weintrauben verzierte Käsehappen. Die Schnittchen kommen noch in die Mitte des Tisches und dann ist sie mit ihrer Arbeit fast fertig. Auf dem Beistelltisch stehen das Wasser und der Wein. Sie holt noch die Gläser aus dem Schrank, zündet die Kerzen an und findet alles perfekt.

Zufrieden lächelnd schaut sie ihr kleines Kunstwerk an. Das Holz im Kamin ist inzwischen auch angebrannt. Sie legt noch ein paar Scheite nach und genießt die wohlige Wärme.

Es dauert nicht lange und der Türgong ertönt.

Sie macht auf und lässt Fritz herein.

„Hallo Tina. Danke für die Einladung."

Mit diesen Worten reicht er ihr einen kleinen Blumenstrauß und eine Flasche Sekt. Tina muss lachen.

„Das ist aber nett von dir. Komm rein."

Er hängt seinen Mantel an die Garderobe und reibt sich die kalten Hände. Sie setzen sich beide auf die Couch.

„Das sieht aber alles lecker aus", sagt Fritz.

„Ich habe mir auch Mühe gegeben", antwortet Tina.

„Darf ich dir ein Glas Wein anbieten oder möchtest du lieber ein Bier trinken?"

„Ich nehme gern ein Glas Wein und wenn du hast auch ein Glas Wasser dazu."

Tina entkorkt die Flasche, gießt zwei Gläser Wein ein und reicht ihm dazu das Wasser.

Sie prosten sich zu und Fritz sagt: „Willkommen im wieder ruhigen Leben."

Schweigend essen sie ein paar Happen und schauen währenddessen auf das gleichmäßige und Wärme spendende Feuer im Kamin. Tina nippt an ihrem Wein, während Fritz einen kräftigen Schluck nimmt. Er beginnt mit erzählen.

„Du hast Phelippe mit dem kleinen Säbel einen ordentlichen Hieb verpasst. Keine Sorge, nicht lebensgefährlich. Aber es hat gereicht, ihn für einen Moment außer Gefecht zu setzen, den du dann ja auch gut genutzt hast."

„Ich sah keine andere Chance", verteidigte Tina sich.

„Alles gut. Niemand macht dir einen Vorwurf. Du hast alles richtig gemacht. Im Verhör ist er sehr schweigsam. Wir haben ihn nach seiner Kindheit gefragt. Er hat darauf nicht geantwortet. Als wir

Andeutungen auf den Missbrauch machten, brach er zusammen. Er scheint massive psychische Schäden davongetragen zu haben. Wir werden wohl für die weiteren Verhöre einen Psychologen mit hinzuzuziehen. Denn so kommen wir sonst wohl nicht weiter."

„Was ist mit dem Mord an Hermann und den anderen drei?", wirft Tina ein.

„Den Mord an Hermann können wir ihm nachweisen. Was die angeblichen Selbstmorde der ehemaligen Kollegen und Freunde deines Vaters betrifft, konnten wir bis jetzt nur erreichen, dass die Fälle erneut untersucht werden. Ein mögliches Mordmotiv ist ja vorhanden."

Beide nippten schweigend an ihren Gläsern.

„Sag mal Fritz, wie konnte er überhaupt die Alarmanlage umgehen und das ganze Haus stromlos machen?"

„Deine Anlage läuft über die Telefonleitung und ist am Strom angeschlossen. Sofern da keine Notstromversorgung integriert ist, genügt es, die Stromversorgung außerhalb des Hauses zu unterbrechen. Ich rate dir dringend, die Anlage mit einem Funkersatzweg aufzurüsten."

„Das werde ich so schnell wie möglich machen", versprach Tina. „Ich kann nicht verstehen, warum sein Vater das damals gemacht hat. Er hat seinen Sohn wissentlich an diese Leute verkauft und außerdem auch noch Fotos und Videos davon gemacht. Wie eklig ist das nur?", sagte Tina.

„Du darfst nicht vergessen, dass er selber auch mehr als genug krumme Geschäfte gemacht hat. Seine Weste war so oder so nicht sauber. Als er dann auch noch vom Drogenkartell erpresst wurde, blieb ihm keine andere Wahl."

„Aber welche Rolle hat mein Vater dabei gespielt. Wo hatte er all das Geld her und die Smaragde, die er Rodriguez geliehen hat, damit er das Schutzgeld bezahlen konnte."

Beide schwiegen.

Fritz seufzte.

„Das ist die große Frage, die dir heute niemand mehr beantworten kann."

Tina greift in ihre Hosentasche und hält den kleinen Smaragd in der Hand, den sie in dem Beutel gefunden hat.

Sie hält ihn Fritz auf der offenen Hand hin.

„Das ist der kleine Smaragd, der in dem Beutel gelegen hat. Ich werde ihn behalten. Egal, was wirklich gewesen ist, aber auf alle Fälle war mein Vater über einen gewissen Zeitraum im Besitz dieser Smaragde. Er hat sie wieder zurückgegeben. Bis auf diesen einen."

Sie sieht den Stein an und schließt die Hand.

„All das kann nicht mit rechten Dingen zugegangen sein. So vermögend sind meine Eltern nie gewesen."

Während sie das sagte, erregte sie sich sehr und Tränen liefen ihr über das Gesicht. Die geballte

Faust, in der sich der Smaragd befand, stieß immer wieder wütend auf ihren Oberschenkel.

Fritz hielt ihre Hand fest.

„Hör auf damit. Zermartere dir nicht das Hirn darüber. Behalte ihn so im Gedächtnis, wie du ihn kanntest, und versuche, alles andere zu vergessen."

Sie sieht ihn an.

„Du weißt, dass das nicht geht. Dafür ist zu viel passiert. Es sind Menschen gestorben. Wieder andere wurden bedroht, denke nur an Rosa. Und mich wollte er auch umbringen. Wie soll ich das alles vergessen können?"

Er wusste, dass Tina Recht hat. Aber helfen konnte er ihr dabei nicht. Mit all dem musste sie nun allein fertig werden.

„Phelippe ist ein kranker Mensch. Seit damals ist er psychisch belastet. Er hat ein schreckliches Leben gehabt", sagte Fritz.

„Das berechtigt ihn aber nicht, Menschen zu töten und ihnen ebenfalls Grauenhaftes anzutun", entgegnete Tina ihm.

„Nein, natürlich nicht. So habe ich es auch nicht gemeint."

Tina fragte ihn: „Gibt es heute noch die Möglichkeit, die von der US-Armee von damals zu finden und zu bestrafen für das was sie getan haben?"

Fritz schüttelt mit dem Kopf.

„Wenn damals nicht, dann heute erst recht nicht."

Tina wirkt traurig.

„Ob das Projekt von Hermann jemals beendet wird?", fragt sie Fritz.

„Das hoffe ich doch", antwortet er.

„Stell dir das mal vor", sagt Tina. „Da recherchiert er und findet all das heraus und in dem Zusammenhang auch mich. Phelippe nimmt mit ihm Kontakt auf und Hermann verkauft die Informationen an Phelippe. Der wiederum versucht, über mich an die Fotos und Schuldscheine zu kommen, und Hermann hilft ihm indirekt noch dabei, weil er Phelippe über alles informiert, was ich vorhabe und unternehme. Und all das lässt er sich auch noch fett bezahlen. Ich glaube das nicht."

Tina ist das Entsetzen im Gesicht anzusehen.

„Ja", antwortet Fritz. „Und dann bekommt er ein schlechtes Gewissen und will dir alles sagen. Dazu kommt es aber nicht mehr, weil er vorher im Hotelzimmer umgebracht wird."

Tina schaudert es, als Fritz das so sagt. Sie steht auf und legt noch etwas Holz in den Kamin.

„Warum hat Hermann das getan", fragt sie.

Fritz weiß auch keine Antwort und zuckt nur mit den Schultern.

„Es ist vorbei, Tina. Ich weiß, du musst das Geschehene erst verarbeiten. Das wird sicherlich nicht so schnell gehen. Wenn du in irgendeiner Form Hilfe brauchst, du weißt, ich bin immer für dich da." Er sieht, dass Tina wieder weint.

Sie wischt sich die Tränen weg und sagt: „Die Menschheit ist seit eh und je verdorben. Alles dreht sich nur um Geld und Macht. Sie denken nicht darüber nach was sie anderen antun. Ich habe einen Teil der Berichte gelesen, die auf dem Stick von Hermann sind. Es ist abscheulich, was man mit den Kindern macht. Sie haben doch gar keine Chance auf ein normales Leben mehr. Die wenigsten schaffen es, aus diesem Teufelskreis wieder herauszukommen."

Tina machte eine kurze Pause.

„Und mein Vater? Wie kam er überhaupt dazu, mit Rodriguez über so etwas zu reden. Ich verstehe das nicht."

Fritz drückt ihre Hand und sagt: „Versuche es so zu akzeptieren, wie es jetzt ist. Behalte ihn für dich als Menschen trotz allem so in Erinnerung, wie er immer war. Das wird dir helfen."

Er lässt ihre Hand wieder los und nimmt sein Glas in die Hand.

„Lass uns darauf anstoßen, dass du gut aus dieser Sache rausgekommen bist und wir ihn für immer aus dem Verkehr ziehen werden. Er wird niemandem mehr etwas antun können."

Sie hält ihm ihr Glas hin und sagt: „Hoffentlich hast du Recht. Du kennst ja unser Rechtssystem."

Nachdem Fritz sein Glas geleert hat, ruft er sich ein Taxi.

„Ich muss jetzt nach Hause. Ich danke dir für die Einladung und für das gute Essen."

Tina lächelt.

„Es war schön, dass du gekommen bist und wir nochmal über alles reden konnten. Das habe ich gebraucht."

Er nimmt sie in den Arm und drückte sie herzlich. Das Taxi kommt und Fritz winkt ihr beim Einsteigen nochmal zu.

Tina steht in der Haustür und blickt dem Auto nach. Sie verschließt die Tür und geht ins Haus.

Nachdem sie den Tisch abgeräumt hat und das Geschirr im Spüler ist, setzt sie sich auf die Couch und blickt in das lodernde Feuer im Kamin.

In ihrer Hand hält sie den kleinen grünen Smaragd.

Danke

Ich danke allen, die mir mit Rat und konstruktiver Kritik an der Umsetzung des Manuskripts geholfen haben.

u.a.   Birgit und Torsten (Wismar)
                 Gaby und Carsten (Braunschweig)
                 Sebastian (Rostock)

Besten Dank auch an Chris (Wismar), der mir bei der Überarbeitung des Manuskripts sehr hilfreich zur Seite gestanden hat.

Mein Dank geht auch an Martina Rellin (ehem. Chefredakteurin Das Magazin).
    Der Tag in der „Schreibwerkstatt" in Hohen Neuendorf war nicht nur sehr interessant, sondern ich habe auch ganz viele liebe Menschen kennengelernt und jede Menge Anregungen für das Schreiben erhalten.

Nicht zu vergessen mein Ehemann Ralf, der mir durch seine Unterstützung Mut gemacht hat und mir die Zeit zum Schreiben verschafft hat.